義娘《よめ》の尻ぼくろ

生方　澪

幻冬舎アウトロー文庫

義娘《よめ》の尻ぼくろ

yome no shiri-bokuro

義《よ》娘《め》の尻ぼくろ
contents

第一章　スリリングな同居生活

「ええっ、親父《おやじ》が覗いてるって？　まさかそんな……」

布団をふたつ並べて敷いていた淳也《じゅんや》は、驚いた様子で紗理奈《さりな》の方を振り向いた。

「たまたま、だろ」

「一回だけなら私もそう思うけど。二度三度となると……」

「そんなに何度も風呂場を覗いたのか？　親父が？」

「覗いていたっていう証拠はないのよ。でもお風呂のドアを開けたら、すぐ目の前に立ってたの。当然私は素っ裸よ」

「洗面所に何か取りに来たんだろ。タオルとか……」

「うん……まあ、そうかもしれない」

パジャマ代わりの大きめのTシャツに薄手のショートパンツをはいた紗理奈は、布団の上に腰を下ろしながら言った。

「親父には気をつけるように言っておくよ。まだ同居して日が浅いし、いろいろ勝手がわからないんだと思うよ。うちは娘がいないから、そういうことに気を遣ったことがないんだ。君が風呂に入っている時は、洗面所のあたりをウロつかないように言っておくよ」

「お義父《とう》さん、気を悪くしないかしら」

「無神経なとこあるから、きちっと言っておかないと」

「お願いね。これからあなた、出張が多くなるでしょ。私とお義父さん、二人だけの時が増えるのよね」

「うん、確かにそうだな。しっかり釘さしておくから。しかし、素っ裸を見られたのか」

「一瞬だけどね」

「親父、うれしかったかな」

淳也は目の端で笑いながら紗理奈を見た。

「やめてよ。私は恥かしくて逃げ出したかったんだから」

紗理奈はツンと怒った顔をして、さっさと自分の布団にもぐりこんだ。

「若い女が珍しいとはいえ、嫁の体に興味持ってもらっても困るよなあ」

「ちっとも若くないわ。私、もう三十二よ」

「親父にしてみれば十分若いよ。飲みに行くにしても、若い女が接客するような店にはあんまり行かないからなあ」

「お義母《かあ》さんが亡くなって十年近く経つんでしょ。軽く付き合っている女性とか、いないのかしら」

「うん、茶飲み友達なら作ってもいいと思うんだけどね。親父と親しい女の人は君代《きみよ》さんぐらいだよ」

「君代さんて、あのお手伝いさんね。あなたが子どもの頃から通って来てる人なんでしょ」

「そうなんだ、うちにはあのおばさんぐらいしか女っ気はないからさ。君の素っ裸なんか見たら親父、鼻血出すよ」

「いやだわ、恥かしい……」

「でも、見せてやりたいって気持ちも、少しだけあるな。ほんの少し。だってこんなにいい体してるんだから……」

淳也は紗理奈の布団にもぐりこんでいった。そして素早くTシャツの裾《すそ》をめくり上げるのだった。新鮮な果実を思わせるふたつの乳房がぽろりと顔を出した。

「また？　ゆうべもしたのに……」

「だって来週からの出張は長くなりそうだから。今のうちヤリだめしておかないと」

「んもう、好きねえ」

「それはお互いさまだろ」

「ちょっと、電気をつけっぱなしよ。少し暗くして」

「いいよ、だれかに見られるわけじゃないし。今さら暗くしなくたって。それより音楽の方が……」

淳也は急に思い出したように布団から出て、棚の上に置かれていたｉＰｏｄに手を伸ばした。小型のスピーカーと繋がっているのでイヤホンなしでも音楽が聞こえる。彼は指先で器用に操作して選曲し音楽を流した。思わず耳をふさぎたくなるようなハードなギターサウンドが始まった。

「またヘビメタ？　ムードなさすぎよ」

「いいんだよ。ムードづくりじゃなくて別の目的でかけてるんだからさ」

淳也は急いでパジャマを脱ぎ、トランクスも勢いよく下ろすと紗理奈の上にのしかかっていった。紗理奈もすでにTシャツとショートパンツは脱ぎ捨てている。ロングヘアが乳房を隠すほどの長さまで伸びている。

「私が声を出すから？」

「そうだよ、ヘビメタかけていれば君の声もかき消されるだろ」

淳也は両手で乳房を鷲摑みにすると力強く揉《も》みしだいた。指の隙間から顔を出した薄桃色の突起は、ぷっくり膨らんで立っていた。

「たまには静かにしていようかしら……あ、ああんっ」

彼が蕾《つぼみ》を口に含んだ途端、紗理奈は小さく声をあげた。前髪を少し長めにカットした今風のヘアスタイルの頭を、胸に抱えるようにしてうっとりと乳首を吸われていた。

「はぁ、ううう……あっ、痛いっ」

「ごめん。つい夢中になって」

「歯を立てたら痛いわよ」

しかし紗理奈は嚙まれてもなお胸を突き出し、反対側も吸ってほしいと言わんばかりに差し出した。

「こっちも？　いいよ、両方同じにしてやらないとな」

たった今まで彼の口に含まれていた乳頭は、唾液に濡れてきらきら光っていた。薄い紅色に染まって一まわり大きく膨らんだように見えた。

「はあんっ……感じるぅ……」

紗理奈は身をくねらせるようにして小さく悶《もだ》えた。

「好きだな。僕がいない間はどうするの。持てあましちゃうね、この体。オナニーはできても自分でおっぱいは吸えないからな。せいぜい自分の手で揉むぐらいだろ」

「だからー、もっとやってぇ」

彼は音をたてて吸いつき、もう片方の乳房を揉み上げていった。

「こっちの方はどんな具合になってるのかな……ああ、やっぱりだ」

右手を小さな白いパンティの中に滑りこませた彼は、指で器用に探りながら紗理奈の顔を見た。

「汁が溢れ出してぬるぬるの沼みたいになってるよ」

「だってぇ、感じるんだもの。もう来ていいわよ」

紗理奈は自分からパンティを指でつまんで下ろし、ゴミでも捨てるように取り去った。丸まった下着はごく小さくて使用済みのティッシュと間違えそうだ。

「そんなに早くやってやんない。今夜はフルコースで味わうんだから」

体を起こした淳也の下半身は、黒々としたブッシュからスティック状に変化した肉《にく》棹《ざお》が天に向かって直立していた。十分すぎるほどの長さのそれは力強く固まっているので、少しぐらい動いても揺らぎそうもない。

「あー、もうこんなになっちゃってる。早くほしい……」

紗理奈はすんなりと長い脚を左右に開いた。恥毛は薄くしかも短くカットされているので、ヴァギナはほぼ剝《む》き出しの状態だ。蘭の花びらがぱっくりと口を開け、湿りすぎた花芯は暗紅色にぬめっていた。

「……たまんない」

淳也はスリムな体を折り曲げると、いきなり紗理奈の股ぐらに顔を押し当てた。先ほどまで乳首に吸いついていた唇が、今度は秘肉に食らいついている。

「あっ、あああ……」

紗理奈が上半身をのけ反らせた瞬間に双丘がぷるんと揺れた。

「ああん、こんなに明るいのに、そんなこと……」

「よく見えるよ。蜜が溢れてぐちゃぐちゃだ」

「いや、恥かしい……」

しかし紗理奈は恥かしがるどころかますます大きく脚を広げ、股間にもぐりこんでいる夫の頭を両手でしっかりと抱いた。

彼は舌を大きく伸ばし、最初に全体をざっと舐め回した後、舌の先を尖《とが》らせて細かな作業を始めるのだった。

「はあんっ、すごい……舌がちょろちょろ動いて、ミミズが這《は》ってるみたい」

紗理奈は息を荒くさせながら、股間に抱えこんだ夫の髪をいじった。両脚はもうこれ以上広げられないというほど開脚し、ふたつの乳頭はいじられてもいないのにピンッと立ったままだ。

「んんっ……アソコが、むずむずするぅ」

紗理奈は頭を激しく左右に振った。枕の上で黒く長い髪がもつれるように乱れた。

夫は妻のそんな反応を面白がって、時折視線を上げて確かめていた。

ちゅるっ、ちゅるっと派手な音をたてながら淫水を吸い上げると、紗理奈は大きく顔を歪《ゆが》め雌猫のように鳴いた。

「そんなに気持ちいいのか？　口だけでイッちゃいそうだね」

「いやいや、まだぁ……」

「もちろん、まだだよ」

淳也はゆっくりと体を起こした。口のまわりについた唾液と女汁を手の甲で拭《ぬぐ》いながら、下半身を見せつけるように突き出してきた。薄い下腹からぐんっと伸びている肉の棍棒は、ますます勢いを増して固く立っていた。

「すごい角度だわ。ほれぼれしちゃう」

「だから君も少しサービスしてよ」

「ああんっ、しょうがないわね」

薄目を開けた紗理奈は顎《あご》を緩め、ぷっくりとやや厚めの唇に隙間を作った。すると彼は、ピンク色に光るスティックの先端を素早く口に押しつけるのだった。

「ん、んぐぐ……」

苦しそうに低く唸りながらも、紗理奈は肉の棒をするすると飲みこんでいった。しかし長いのでとても付け根までは届かないが、必死で食らいついていた。

「これが限界？　もう喉の奥まで届いてるのかな」

紗理奈は目を閉じ、眉間《みけん》に皺を寄せたままで頷いた。

「あんまり深く挿すと、オエッとくるからな」

彼は長い膝下を折り妻の顔の上に跨《また》がるようにして、ゆっくりとペニスをスライドさせていった。紗理奈は多少苦しそうではあるがうっとりとした表情で、両手を彼の逞《たくま》しいヒップに這わせていた。

「もっと吸って。口の中を真空にする感じで……そう、そう。ああ、いい気持ちだよ」

淳也は乱れ散っている妻の髪を撫でた。

「時々口の中で舌を動かしてごらん。ちろちろっと、小刻みに……ああ、そう。そこ、感じるな」

紗理奈は普段の気の強さからは考えられないほど従順に夫の指示に応えていた。

「フェラしてる時のサリーがいちばん好きだな」

彼は妻を結婚前からの愛称で呼び、紅潮した頬や小さく尖った顎を撫でた。

「ああ、だめだ。気持ちよすぎてイキそうになる……まあ、このまま口の中で出しちやっても、僕はいいんだけどね」

「う、ううんっ」

紗理奈は抗議するように頭を振った。口の中からぷるんっとペニスが勢いよく飛び出した。

「だめえっ、ちゃんと最後までお仕事しなくちゃ」

「はいはい、お仕事ね」

彼は姿勢を直し、紗理奈の膝を押し広げた。しゃぶられてローズ色に光っている長いペニスが、行き場を求めてひくひくと動いた。

「早くぅ……」

紗理奈は自分から膝を立てて受け入れやすい体勢をとった。蘭の花びらが大きく口を開け侵入者を待っていた。

「ああ、いやらしすぎて、たまんない」

淳也は手も使わずに狙いを定めると一気に押し入った。

「はうううっ……」

その瞬間、紗理奈は頭を大きくのけ反らせ身を震わせた。

「は、入ってるぅ」

「そうだよ、しっかり入った。ああ、中はあったかくて気持ちいい」

彼は内部の感触を楽しむようにゆっくりと腰を上下させた。妻の上にのしかかって体を密着させ、一体感を味わいつつ逞しくピストンを繰り返していった。

「はあんっ、ジュン、もっと。もっと激しくしてぇ」

紗理奈は甘えた声を出しながら、夫の背中に両手を回した。

「ガンガンやっちゃっていいの？　いつかみたいに気絶するぐらいすごいの、やっちゃうよ」

急にエンジンがかかったようにピストンが加速した。先ほどの三倍ぐらいのテンポで送りこんでいく。引き締まった尻が目にも留まらないような速さで小刻みに上下した。

「ひっ、ひっ、ひぃぃぃぃぃ……」

紗理奈は細い顎をかくかくと震わせ、甲高《かんだか》い声で消え入るように鳴いた。形のいい長い脛《すね》が彼の動きに合わせるように、腰の両脇でぶらぶらと揺れた。

「ああ、締めつける。アソコが締まってもたないよ」

彼は思わず動きを止めて荒く息をついた。

「だって、気持ちいいと自然に締まっちゃうんだもの。ゆるい方がいいの？」

「よくないけど……締めつけがきついともたないんだって」

彼はピッチを落とし、浅い挿入で何とか止めずにごまかした。

「あんっ、もっと速く」

紗理奈は自分から腰を突き上げるようにしてピストンをねだった。

「何だよ、そんなにほしいのか？　しょうがないな」

淳也はインサートしたまま、紗理奈の細い足首を摑んでひょいっと自分の肩に乗せた。

「どうだ、これだとさっきよりもっと深く入るだろ」

「はっ、はぁぁぁぁ……ジュンのアレが、奥まで入ってくるぅ」

彼は両脚を担ぎ上げながら、紗理奈の反応を楽しむようにじっくりと着実に送りこんでいった。

「ほら、触ってごらん。今、繋がってるよ、ここ」

彼は紗理奈の手を取って繋ぎ目に誘導した。シルバーのネイルがほどこされた白くて長い指が、ペニスの食いこむ結合部に触れた。

「いやぁん、ここに、きっちり入ってる」

「いやらしいだろ。ぬるぬるしてるのは、何でかな」

「いやいや……恥かしい」

しかし紗理奈は確認するように肉棒の付け根を指先で撫で、時にぎゅっと締めるように力を入れた。

「ああ、だめだって。そんなことしたら、我慢できなくなるから」

「ふふっ、ほんとはすぐにでもイキたいの？」

「当たり前じゃないか。サリーのために我慢してるんだよ。突っこんで擦ったらすぐにでも出したいんだから、男は」

「だーめ、そんなの」

「ああ、もう。体位でも変えないとやってられない」

淳也は肩に担いでいた足首を再び摑んで下ろし、紗理奈の体を裏返そうとした。

「あ、だめ。抜かないでそのままよ……」

「ごめん。はずれた」

「もう、不器用なんだからぁ」

　赤く充血した肉のスティックがぽろりと顔を出した。さんざん暴れ回ったはずだが少しも勢いは衰えていない。

「ねえ、早く収めてよ」

「はいはい……」

　紗理奈は慣れた様子で四つん這《ば》いになり、腰を差し出した。右の尻たぶにはかなり目立つほくろがひとつあり、真っ白なヒップのアクセントになっている。きゅっと細くくびれたウエストから大きく張り出した尻にかけて、見事に優雅な曲線を描いている。

「ああ、この格好、いつ見てもいやらしいなあ」

　紗理奈は両手をついたまま後ろを振り返って、夫に流し目を送った。蘭の花は貫かれるのを今か今かと待ちながら、蜜を滴《したた》らせた花弁をひくつかせていた。

「うう、たまんない」

　丸いほくろのあたりを撫でていた彼は、自分でスティックの付け根を握りしめると、ひと思いに挿した。

「あっ、あはぁぁぁぁんっ」

その瞬間、紗理奈は頭を大きくのけ反らせ、いななくような声をあげた。

「そら、後ろから入れてやったぞ。これが好きなんだろ」

力強い躍動に、紗理奈はこれまで以上の反応を見せた。

「はあんっ、はんっはんっ、はあっ……」

腰の動きに合わせるように甲高く鳴き、肩を震わせた。粘っこく糸を引くような高い声が部屋に響いた。

「これだからな。ヘビメタでもかけないとサリーのよがり声がすごくて、近所中に聞こえるぞ」

「だってぇ、ジュンのアレが……すごいんだもの。ああ、奥まで入ってるぅ」

「アソコが壊れるぐらい激しくしてほしいんだろ」

「そ、そう……そうよ、ひいいいっ……」

彼は紗理奈の豊かな尻たぶを両手で抱えるように押さえつけると、超絶な勢いでピストンを繰り返した。皮膚と皮膚とがぶつかるピタピタという音が卑猥《ひわい》な空気を濃密にしていった。

「もうおかしくなっちゃう。やめて」

「ふんっ、本当はやめてほしくないくせに。何だよ、このいやらしいケツは」

淳也はからかうように言って、ほくろのある尻たぶをぴしゃぴしゃと叩いた。

紗理奈は四つん這いのまま背中をぐっと落とし、ますます腰が高くなるようなポーズをとっていた。おまけに彼が少しでもピッチを落とすと自分から腰を振ってねだるのだった。

「そんなに動かしちゃだめだって……気持ちよすぎるんだから……」

彼は前のめりになって手を伸ばし、重たげに下がっている乳肉を掌で鷲摑み、ゆっくりと揉みしだいた。

「あんっ……」

「サリー、僕そろそろ……あ、ああ、もう限界」

淳也はいきなり体を起こすと、最後の力を振り絞って猛烈な勢いで打ちこみを開始した。が、一分も経たないうちにぴたりと静止した。

「はっ、はぁぁぁぁぁ……」

彼はその大きな体を、妻の背中に覆いかぶせるようにして、どさっと突っ伏した。

重量に耐えられない妻は、四つん這いから腹這いになった。

二人はその不安定な姿勢のまましばらく動かなかったが、収縮したペニスがぬるりと女穴から抜け落ちると、ようやく体を離した。

「イッちゃった。早かったかな？」

「んもう、私が上になってお馬さん、やろうと思ったのにー。ジュンもあれ、好きだって言ってたじゃない」

紗理奈は彼の体の下から抜け出しながら言った。

「騎乗位？　好きだよ。自分から動かなくていいし、下からおっぱい触れるし。でも、今夜はもう限界だよ」

淳也は起き上がりながらティッシュの箱に手を伸ばした。自分のモノの始末よりも先に、まだだらしなく広げたままの紗理奈の股間を拭ってやるのだった。肉の棒でさんざんつつき回されたそこは、ザクロのような色で濡れ光っていた。

「じゃあ、あしたの朝やろうね」

「ええー、朝？　そんな時間ないよ」

「いつもより十五分早く起きればすむことじゃない」

「その十五分が、朝は貴重なんだ。少しでも長く寝ていたいのに」

淳也はさっさとパジャマを着こんで寝る準備に入ってしまった。


翌朝七時過ぎ、紗理奈は再び全裸になって淳也の上に跨がっていた。パジャマ姿の夫はまだうとうとしていて、時折確認するように薄目を開けた。

「あんっ、あんっ、あんっ、あんっ……」

前夜より低い声ではあるが、紗理奈は自分から腰を揺すりながら、恍惚《こうこつ》とした表情を浮かべ喘《あえ》ぐのだった。

「ジュン、まだ眠っていていいのよ。アレはちゃんと起きてるから」

紗理奈は面白がるように大きく腰をひねったりグラインドさせていた。

「あら、はずれちゃった……」

勢い余って女穴から飛び出したスティックを、慣れた手つきで摑んで再び収める。するとまた恍惚とした表情で体を揺らすのだった。

「はあー、気持ちいい……」

淳也が目をつぶったまま寝ぼけた声を出した。

「目が覚めると裸の奥さんが上に乗っかってお尻を振っているのって、悪くないでしょ」

「……極楽だ。どうやって入れたの？　ぜんぜん気がつかなかった」

「ふふっ、ジュンのアレはぐっすり眠っていても手で刺激してやるとたちまち大きくなるのよ。面白いぐらい早く、むくむく力をつけるの」

「まだ若い証拠だな」

「若い旦那でよかった」

「何せ僕は二十代だ。サリーは三十女だけど」

「三つしか違わないでしょ」

「二十九と三十二って、けっこうな違いだぜ」

「私が年上だからこそ、ジュンは甘えられるんじゃない」

「はいはい、その通り」

紗理奈が体を上下させるたびにぶるぶると揺れる形のいい乳房を、淳也は手を伸ばしてがっしりと摑んだ。

「……吸わせて」

「んもう、おっぱい小僧なんだからぁ」

紗理奈は腰の動きを止めると彼の顔の前に乳房を差し出した。ちょうど彼が口に含みやすいように位置を調整してやるのだった。

「これが……好きなんだ」

淳也は満足そうな顔で乳首に食らいつき、赤ん坊がするように小刻みに口を動かして吸った。

「ああんっ、気持ち、いいわ……」

うっとりした表情で豊かな乳肉を彼の顔にぎゅっと押しつけた。

「ううっ、おっぱいで窒息しそうだよ」

顔を上気させた彼が上半身を起こした。紗理奈とは繋がったままなので、ちょうど向かい合って座っている姿勢になった。

「あっ、この体位も好き。深く入るんだもの」

再び主導権を握った紗理奈はゆっくりと腰を動かした。向かい合っているので、彼は好きなだけ目の前の乳房を弄《もてあそ》ぶことができる。

「ああ、たまらないわ……」

「朝だから、あんまりもたないよ」

「わかってる。でももうちょっと……」

すると淳也は下から思いきり突き上げてきた。瞬間的に紗理奈の上半身がびくっと飛び上がるように反応した。スリムな体が支えを失ったようにぐらぐらと揺れ、長い髪も乱れに乱れた。

「ひいっ……」

「気持ちいいだろ。ああ、最高だな」

「いやいや、終わっちゃ、いやぁ」

だが次の瞬間、淳也は紗理奈の体にしがみつくようにして抱き締め、ぴたりと動かなくなってしまった。


「お義父さん、すみません。私、寝坊しちゃって朝ごはんの仕度が……あら」

紗理奈はTシャツにショートパンツ姿のまま、くしゃくしゃに乱れた髪を後ろで束ねながらキッチンに入っていった。

「おはよう。作っておいたからね、早く食べなさい」

デニム地のエプロンをつけた耕一《こういち》は、にこにこ笑いながらテーブルの上の朝食を指さした。トーストにスクランブルエッグ、ソテーしたベーコンに小さな野菜サラダまでついている。

「え、これ作ったんですか？」

「最近早く目が覚めるからね。朝メシの仕度ぐらいしておこうと思って。あんたと淳也はぎりぎりまで寝ていたいだろうし」

「わあ、助かります。美味しそう」

「あんたは朝は紅茶だったね。コーヒーもできてるけど」

コーヒーメーカーからは淹《い》れたてのコーヒーの芳醇《ほうじゅん》な香りが漂っていた。

「さ、早く食べなさい」

耕一に勧められるまま、紗理奈は席に着いて食べ始めた。耕一はマグカップとティーバッグを用意し、冷蔵庫からミルクも取り出してきた。

「お義父さんに朝ごはん作ってもらうなんて、感激です。わあ、このスクランブルエッグ、美味しい」

「そんなにおだてなくても、また作ってあげるからね」

耕一は椅子に腰かけた紗理奈のそばに来て、太腿《ふともも》をぽんぽんと軽く叩いた。ショートパンツから伸びた剝き出しの太腿はほっそりしているが、肌つやがよく色白で艶《なま》めかしい。

「それは、すみません……」

彼のボディタッチは日常のことなので次第に馴《な》れてきたが、三ヶ月前に同居した当初はそのたびにドキッとしていた。

淳也に言わせると、娘のような気持ちなのだろう、ということらしい。だが風呂場の件もあるし、やはり節度は守ってほしいと思っていた。酒を飲んだ時などは体に手を回してくることもあった。

「あいつはまだ起きてこないのかな」

ドレッシングをテーブルに置いたついでに、耕一は紗理奈の髪の匂いを嗅ぐような仕草をした。

「ヒヤシンスみたいな匂いがする。シャンプーを変えたかな？」

「え、ええ……」

「そんなに長いと手入れも大変だろう」

紗理奈のロングヘアは毛先の方だけゆるくパーマがかかっているが、肩よりだいぶ長いのだ。カラーリングはまったくしていないが、地毛がやや茶色がかっているので重苦しさはない。

「慣れてますから」

「やっぱり女は長い髪にかぎるよ。乱れる時がいいんだよね。最高に色っぽい」

「はあ……」

「あんたも、だいぶ乱れたんじゃないか？　ゆうべは」

「は？」

「ずいぶんとお疲れの様子だし、寝不足なんだろう。まあ、若いから当然か」

紗理奈はとぼけて食べ続けたが、その手の話題はいつものことだ。淳也がいない時を狙ってねちっこく質問したりからかったりするのだ。これが会社なら立派なセクハラだ。

「朝は特に疲れるな。そうだろ？」

「え、何がですか？」

「だから……朝っぱらからヤッちゃうと、疲れて起きたくなくなるだろ」

紗理奈はむっとして箸をがちゃんと皿の上に置いた。その時、寝ぼけた顔の淳也がやってきたので話は中断した。

助かった、食事の間中ずっとこの調子では食べた気がしない。息子夫婦の夜の営みに興味があるのはわかるが、もってまわったような言い方が気に入らない。

「僕はトーストはいらない。卵だけでいいや」

「ちゃんと食べないと」

「起きたばっかりだから食欲なくて。あー、眠い」

淳也は大きな欠伸《あくび》をしながら言った。

「腰のあたりもお疲れなんじゃないのか？　酷使しただろうに」

ぼそっとつぶやいた言葉を紗理奈は聞き逃さず、目の端で睨《にら》んだ。

「まあ、疲れない方法もいろいろあると思うがな」

耕一はますますねちっこく紗理奈の太腿に視線を落とした。

「親父、何ぶつぶつ言ってんの？」

「いやいや、ただの独り言だ」

耕一は淳也のためにコーヒーメーカーのそばにマグカップを置いて、中身を注ぎながら言った。

夫婦は揃って家を出た。結婚式や各種パーティーの企画を行っている会社に勤める紗理奈と、建築設計の事務所に勤務する淳也は職種も会社も別だが、いっしょに家を出ることが多い。お互い仕事で多忙な身だが少しでも話をする時間を持つためだ。二人とも始業時間が遅めなので満員電車に揺られなくてすむ。

「お義父さん、絶対に知ってるわ。私たちがゆうべセックスしたって」

白い襟《えり》がピンと立ったシャツブラウスに紺色のパンツ姿の紗理奈は、淳也より早足で駅までの道を歩いていた。

「ねえ、何で知ってるのかしら」

「適当に言っただけだろ。僕たち二人とも眠たそうだったし」

「朝っぱらからヤッちゃうと疲れるだろ、て意味深に言われたのよ。まるで見てたみたいなの」

「ただの妄想だよ。たまたま現実と同じだった、と」

「いやだわ。何で知ってるのかしら」

「知ってるとしたら……やっぱサリーのあの声だろうね」

「ええっ、だってヘビメタをＢＧＭにかけてたじゃない」

「ヘビメタのサウンドと君のあの声はぜんぜん別物だから。けっこう聞こえるのかも」

「いやだっ、聞かれてたのかな。恥かしい」

早足で歩いていた紗理奈が思わず立ち止まりそうになった。

「今さら何だよ。同じ家に住んでるんだから声が聞こえるぐらい、仕方ないよ」

「そんな。私が声のボリュームを下げればすむことでしょ」

「だめだめ、あの声がいいんだから。親父にも聞かせてやればいいよ」

淳也はきっぱりと言いきった。黒系のスーツ姿だが、初夏の陽気になったこの季節にはやや暑苦しく見える服装だ。

「それにね、私があなたの上に乗ってた、みたいなことも言われたのよ。どこかから見てたのかしら」

「まさか。適当に言っただけだって。だいたいどこから見るんだよ。ドアはちゃんと閉めてるのに。あり得ないじゃないか」

「でも何か詳しいのよね。見てたとしか思えない」

「気のせいだって」

いくら訴えても淳也は聞く耳を持たなかった。

しかし耕一の思わせぶりな口調や、冗談めかして言っていることも、偶然とは思えないほどよく当たっているのだ。

ドアの外で聞き耳でも立てているのだろうか。紗理奈は今さらながら、耕一と同居を始めたことを少し後悔していた。

それまで借りていたマンションに比べて通勤の便はよくなるし、空いている部屋も多いのでゆったり暮らせる。何よりも家賃が不要なので、将来自分たちの家を建てるための貯金ができるという最大のメリットがあった。

耕一はまだ六十四で元気だから、同居しなければならない理由もないのだ。孫でもいれば少しは面倒をみてくれるだろうが、当分は仕事が忙しくて子作りの予定はない。

淳也は、仕事の現場がある関西方面への出張が多くなり、一ヶ月の半分ぐらい家に帰らない日もある。

耕一と二人だけの日々が続くと思うと気が重い。だが彼の趣味を兼ねた料理作りはとてもありがたいし、非常に助かっていることは事実だ。

頼めば掃除や洗濯も喜んでやってくれそうだが、紗理奈の方からお願いしたことはない。これまで、洗濯などはいつの間にかすませていたことはあった。

極端に生地を節約したような小さなパンティやTバック・ショーツ。レースがふんだんに使用されているごく薄い生地のブラ……そういったものに耕一の手が触れたと思うだけで嫌悪を感じた。

しげしげと眺めたり触ったりしていたのだろうか。まさか洗濯前のそれらをつまみ上げて匂いを嗅いだり……などということはおぞましくて想像もしたくなかった。セクシー系のランジェリーは他の洗濯物とは別に、自分で洗うことにしているのだが。

そういったことを淳也に相談できないのがつらかった。おそらく何を話しても「気にするなよ」「考えすぎだよ」で終わってしまうだろう。

淳也にしてみれば、自分の父親が妻のことを女として見ているのかもしれない、という事実を認めたくはないだろうし、確かめることもしたくないにちがいない。紗理奈が多少我慢すればすむことだから……と割りきるのがいちばんかもしれない。

耕一は定年退職後も週に三日は仕事に出ているし、趣味は多彩で友人も多い。家にひきこもる心配はないので安心だ。そのうちだれか特定の女性と親しくなってくれたら、と紗理奈は密かに望んでいる。妻が逝《い》って十年近く経つのだから再婚もありだろう。

「お義父さん、私もうこれ以上は。二日酔いで起きられなくなっちゃう」

紗理奈はワイングラスの口を手でふさぎながら言った。

「ええっ、もうおしまいかい？　明日は土曜なんだからもっと酔っぱらおうよ」

耕一はボトルに残った赤ワインを自分のグラスに注いだ。

「一杯だけのつもりが、結局一本空けちゃいましたね。私はもう限界」

「何言ってんの。まだ白があるよ。さっぱりして口当たりいいから」

「ああ、もうだめ。ふらふらになっちゃう」

紗理奈は椅子から立ち上がり、リビングのソファに移動しようとした。その瞬間、足下がふらつき、よろけそうになった。

「おっと、危ない。床は滑りやすいから気をつけて」

耕一は後ろから紗理奈を抱きとめた。両腕ががっしりと火照《ほて》った体を捉えた。

「あ、すいません……」

「いやいや。それにしても、いいお乳だねぇ」

「だめっ、放して」

ゆるやかなラインのワンピースの上から、耕一の手がしっかりと乳房を摑んでいた。ブラはつけているが、薄い生地を通して彼の掌の温度が伝わってくるようだった。

「そんなに暴れるなよ。どうせもう風呂場で見られてるんだしさ」

紗理奈は必死で彼の手をふりほどこうとしたが、アルコールのせいもあり抵抗する力は弱かった。

「やめて……」

「一瞬だったけど目に焼きついてるよ。ありゃ、忘れられないって。淳也がうらやましいよ。いくらでも好きにできるんだもんなあ、この体」

「私、もう部屋に戻ります」

「ふらふらしてるじゃないか。危ないよ」

紗理奈は耕一に肩を貸してもらうようにしながら、いつも淳也と寝ている部屋に行った。ばたりっ、とカーペットの上に倒れこんでからは記憶がない。

次に目が覚めた時は、すでに朝の光がカーテン越しに差しこんでいた。遮光カーテンに少し隙間があったので、そこから明るい日の光が漏れていたのだ。

「あっ、何これ……」

敷かれた布団に寝ていた紗理奈は、ごく小さなパンティ以外は裸だったのだ。飛び起きてそこいらに散らかっているブラやキャミソールやワンピースをかき集めた。

さらに驚いたことには、淳也の布団にパジャマ姿の耕一が寝ていたのだ。

「もう起きたのかい？」

いきなり声をかけられて、紗理奈はびくっと震えてしまった。あわてて服で胸を隠した。

「お義父さん、何でここに？　私に何をしたんですか？」

「あれ、ぜんぜん覚えてないのかい？　言っとくけど俺が裸にしたんじゃないよ。あんたが自分で脱いだんだ」

「嘘っ、そんなわけない。私がお義父さんの前で自分から服を脱ぐなんて、いくら酔っていてもあり得ないもの」

紗理奈は彼を振り返ってきっぱりと言った。だがいきなり起き上がったせいか体はふらつくし、頭ががんがんしていた。

「うむ、俺が……ほんの少し手伝ったこともあったかな。下着がきついと体によくないだろ。少しでも楽になるように」

「余計なことしないでくださいっ」

「まあまあ、そんなにムキにならなくたって。たいしたことじゃないよ」

紗理奈は腕を引っぱられ、そのまま耕一の方に倒れこんだ。すかさず彼は、紗理奈を布団の上に押し倒すのだった。

「大丈夫、たいしたことはしやしないよ。何しろ息子の嫁だもんな」

「いやよ。服を着させて」

「ああ、だめだめ。いつも淳也がやってるようなこと、俺にもさせてくれよ」

「そ、そんな……」

「あいつはおっぱいが好きなんだよな。こうやって……舐めたり吸いついたり。さんざんやったんだろ？」

耕一は仰向《あおむ》けに倒れている紗理奈の上に覆いかぶさるようにして、胸に顔を擦りつけた。

「いやよ。こんなこと、許されない……」

「許す許さないは俺が決めるんだ」

彼は両手で乳肉を絞り上げるようにじっくりと揉みしだいた。

「いいね、デカくて。柔らかさもほどほどだし。俺は、若くてパーンと張った固いおっぱいは好みじゃないんだよ。適度に揉みほぐされてるのがいい。かといって伸びたゴムみたいなゆるゆるのおっぱいは論外だけどな」

いちいち品評する耕一の言葉に耳を塞ぐように、紗理奈は顔をそむけた。もうやたらに抵抗するのはやめて、気がすむようにさせることにした。

「この乳首がまた、いいんだよね。ぷっくり膨らんで早く吸ってくださいって言ってるみたいじゃないか」

それは、彼が指でつまむので刺激されて固まっただけなのだ。

「まだ子どもを産んでいないから、きれいなピンク色してる。乳輪も小さくて初々しいな。こんなのは今のうちかもな」

彼は舌を伸ばして乳首をつつき始めた。周囲をなぞるように舐め回した後、いよいよ口に含むのだった。

「ああ……」

紗理奈は思わず小さく声をあげた。吸い方が淳也とよく似ているのだ。唇に乳首を挟むようにして軽く吸ったかと思えば、まるで嚙みつくように大きく口を開けて乳房全体を飲みこもうとしたり。その間も舌先を器用に動かしてころころなぶってみたり、時折強く吸引したり。

まさか乳の吸い方を耕一から伝授されたというわけではないだろうが、偶然とは思えないほどだ。息を荒くし我を忘れて夢中で食らいついているところも、親子で同じだ。ただ、そこにあるのがくせ毛の黒髪か五分刈りのごま塩頭かの違いだ。

吸っていない方の空いている乳房にも、しっかりタッチし揉みしだいたり指で弄んだり刺激を与えている。

「どうだい、気持ちいいか？」

からかうように耕一が訊く。紗理奈は無言で眉間に皺を寄せたまま、ずっと顔をそむけていた。

「もっと素直に喜んだらどうだ。あんたは胸がいちばん感じるんだろ」

その一言で紗理奈は思わず薄目を開けた。なぜ知っているのだろう。まさか淳也が夫婦のセックスについて父親に話しているのだろうか。二人で酒でも飲んだ時、男同士のエロ話のついでに紗理奈の性感帯が話題になったのか。想像したくもないが、あり得なくはない。

耕一はさかんに乳首を舌先でつつくようにして舐め、さんざんなぶった後は強く吸うのだった。

「いや、もうやめて！」

紗理奈は急に我に返って、ごま塩頭を邪険に振り払った。

「感じすぎて恥かしいのか？」

耕一はなおもしつこく絡み、パンティの中に手を滑りこませようとしてきた。だが紗理奈はきっぱりと拒絶し、彼の体を強く押しのけた。

「何だよ、冷たいな。どのくらい濡れてるのか確かめたかったのに」

「やめて。こっちに来ないで」

小さなパンティを剝《は》がすことなどはいとも簡単だが、耕一は無理強いしなかった。

「そのケツがまた、たまらないんだよな。ほくろがいやらしくてさ」

尻たぶにあるほくろのことまで知っているのだ。やはり淳也が話しているのだろうか。

紗理奈は急いでワンピースを頭からかぶって着た。

「あーあ、もう店じまいか。だったらこっち、手伝ってくれよ」

何と耕一はいきなりパジャマのズボンを下ろし、手で探り出すように中身を取り出したのだ。赤黒い肉の棒は天狗の鼻のようににょっきりと突き出していた。

「きゃっ、やめて。見たくない」

紗理奈は大きく顔を歪めて体ごとくるりと向きを変えた。

「おいおい、そんなに恥かしがるなよ。少しぐらいサービスしてくれたっていいだろ」

彼は強引に紗理奈の手を摑んで股間に誘導した。だが紗理奈は決して掌を開かなかったので、スティックは握れなかった。

「少し手伝ってくれたらすぐに終わるから。淳也にやってやるようにでいいんだ」

確かに、紗理奈は夫のペニスを手でしごいてやることはよくある。特に生理中はそうやって処理してやることは多いのだ。夫婦の秘め事を一体どこまで知っているのか、不気味にさえ思えてくるのだった。

「いやよ。ジュンにしてあげること、何でお義父さんにもしてあげなくちゃならないの」

「それはね、俺はあんたの秘密を握っているからなんだ」

　ふふんっ、と彼は鼻で笑ってみせた。紗理奈は内心びくっとしたのだが、ひるむことはなかった。

「秘密なんて、何もないわ」

「へえ、そんなこと言っていいのかな。あんた、淳也が出張中に男と浮気しただろ。渋谷のホテル・アルフォンス……知らないとは言わせないぞ」

　瞬間、紗理奈の表情が凍りついた。目尻にひびが入りそうなほどこわばってしまった。

「俺は知ってるんだからな。昼間っから男と二人で示し合わせてラブホとはね。実に大胆だよなあ」

　耕一が言っていることは事実だった。確かに紗理奈は三ヶ月ほど前に一度浮気したのだ。相手は以前同僚だった男だ。

「あ、あれは……結婚前に付き合ってた人。ジュンと結婚するずっと前にきれいに別れたけど。用事があってちょっと会うことになって……その、勢いで一度だけ。もちろん私から誘ったわけじゃないわ」

「ほう……」

「携帯、見たの？」

「見たっていうか、たまたま目に入ったんだ」

彼とは主にメールでやりとりしていたが、耕一は盗み見たにちがいない。待ち合わせの時間や場所を見て、こっそりつけてきたのだろうか。

「淳也には黙っておいてやるよ。あいつも女房に浮気されて気の毒だ」

「本当に、一度だけなのよ」

「わかった、わかった。ああ、もう。しゃべってたら息子が縮んできちゃったじゃないか」

高価なマツタケのようにずんぐりと膨らんでいたペニスは、すっかり元気をなくし萎《しな》びていた。

「さ、あんたのそのきれいな手で少し刺激してやってくれよ」

紗理奈は仕方なく、小さくてぐにゃっとした肉の塊に手を伸ばした。弱味を握られてしまっては、へたに逆らわない方が賢明だろう。

「しゃぶってくれたら最高だがな。あんた、フェラは嫌いじゃないだろ。淳也のはよく咥《くわ》えているんじゃないのか？」

確かに紗理奈はフェラチオが得意な方だ。以前付き合っていた男は大げさに反応するので、面白がって特に時間をかけ念入りに舐めてやったものだ。もちろん淳也にもリクエストがあればしているが、最近は頻度が少なくなっている。

「口は……いや」

紗理奈は手の中で次第に形を変えていく生あたたかい肉塊を握りながら言った。

「ははっ、そうか。でもそのうち自分から進んで咥えるかもしれないぞ」

絶対にあり得ない！　紗理奈は心の中で叫んでいた。こんな風に耕一に胸を吸われたり、ペニスを握らされたりすることは金輪際《こんりんざい》避けたいと思った。

「うむ……もっと、気持ちをこめてしごいてくれよ」

「無理よ」

「口止め料の分はしっかりやってもらわないとな」

「………」

いやいやしている行為なので気持ちなど入るはずがない。紗理奈はだいぶ固くなって棒状に変化したスティックを機械的に握りしめていた。

「ああ、だんだんよくなってきた。口がいやなら、せめてアソコ見せてくれよ」

「ええっ、冗談じゃない。絶対にいやっ」

紗理奈は思いきり顔をそむけて拒否反応を示した。

「こら、手を止めるなよ。そろそろイキそうなんだから」

耕一は手を伸ばし、前開きのワンピースのボタンを器用にはずして手を滑りこませてきた。そしてすぐさま乳房を揉み始めた。

紗理奈はもう、へたに抵抗するより早く終わりにしたいと思ったのでされるままになっていた。

「年をとると遅漏ぎみになるんだよ。なかなかフィニッシュしない……」

紗理奈は大きくため息をついた。とにかく一刻でも早くイッてほしいと願った。

「もう一回、おっぱい吸わせてくれないか」

「んもう……」

紗理奈はワンピースの前を大きく開くと、体を前かがみにして耕一の顔に近づけた。

重量で乳房が下がり、差し出しやすくなった。

　彼はすぐさま食らいついて満足そうな顔で乳首を吸い始めた。こうしていると淳也と似ているな、と思った。紗理奈は握る掌に少しずつ力をこめ、擦るスピードも上げていった。カリのくびれを指でなぞったり、先端の切れ目をつついたり撫でたりして刺激した。

「ん……んんん、うんっ」

　うなり声をあげた耕一の顔が真っ赤になっていたが、それでも乳房から顔を離さなかった。同時に紗理奈は掌に熱い迸《ほとばし》りを感じていた。

「やだ、出ちゃってる」

　白くて濃い樹液が紗理奈の手の甲にどろっとかかった。淳也のそれより量は少ないがその分濃厚で粘っているような気がした。

「はあー、気持ちよかった。おっぱい吸いながらイクなんて、まさに極楽だ」

　耕一はなおも指で乳頭をつまんで転がしている。

「だめ、もうお終いだから」

　紗理奈は彼の手を邪険に振り払い、ワンピースを着直しながら立ち上がった。ティッシュの箱に手を伸ばし、多めに取り出してから汚れた手を丁寧に拭った。

「こっちも始末してくれないか？」

いくぶん力が抜けたもののいまだ直立している赤紫色のペニスを指さした。

だが紗理奈は返事の代わりにティッシュの箱を投げてやるのだった。

「サービス悪いな。ま、最初だから仕方がないか……」

何があっても最初で最後にするつもりだ。ゆうべは迂《う》闊《かつ》にも酔ってしまって正体をなくし、気がついたらこの有様だ。自分で服を脱いだと言っているが、耕一が脱がせたことは明らかだ。それ以上のことをされていないかと疑ったが、まさか息子の嫁を眠っている間に犯すことはしないだろう。せいぜい触ったりキスしたりするぐらいにちがいない。

耕一に浮気の秘密を握られてしまった以上無下にはできないが、だからといって言いなりになるつもりもなかった。適当にあしらっているうちに、耕一も「取引」のことは忘れるかもしれない。

何より、積極的で行動派の彼だからどこかで女性との出会いがあるかもしれないし、新しい乳房を見ればそちらに関心が移るにちがいない。そうすれば実の息子と奪い合うように嫁の体に涎《よだれ》を垂らすこともなくなるだろう。

紗理奈は熱いシャワーを浴びながら、先ほどまでさんざんしゃぶられた乳肉に手をやった。先端はうっすら赤く色づいて、さらにヒリヒリしている。小指の先ぐらいのサイズが長く吸われたせいで少し膨張したように思える。

後でローションを塗って手入れしておこう……シャワーを止めて風呂場のドアを開けると、そこにうっすらと笑みを浮かべた耕一が立っていた。

「お疲れさん。ありがとな」

紗理奈はもう体を隠すこともせず、黙って彼からバスタオルを受け取った。

第二章　覗かれてる？　かも

　土曜日の昼下がり、紗理奈と耕一は昼食に蕎麦を食べていた。耕一が趣味で蕎麦打ちを始めてからは、試作と試食を兼ねて手作りの蕎麦が食卓に並ぶことが多くなった。紗理奈としては、食事の仕度が省けて大助かりな上に、次第に腕が上がっていくのを実感できて楽しみでもあった。耕一は趣味を徹底的に追究する性格なのだ。

「ほんと、そこいらの蕎麦屋よりお義父さんの方がずっと美味しいと思う」

　紗理奈は蕎麦猪口《ちょこ》をテーブルに置きながら言った。耕一が食器にまで拘《こだわ》って、自分で選んで買い揃えた美濃焼きのものだ。

「だろ？　並の蕎麦屋とは材料が違うからね。もう少しどう？　まだ残ってるよ」

「いえ、もうずいぶん食べちゃって、限界。ジュンにも食べてもらいたかったな」

「あいつの分はまだ茹《ゆ》でてないのが残ってるから」

「今夜、夕飯に間に合えばいいんだけど」

　淳也は出張で二週間留守にしていて今夜帰宅予定なのだ。

「亭主が恋しいのかい？」

「べつにそういうわけじゃないけど、お蕎麦が……」

「いいじゃないか、隠さなくても。夕飯に間に合わなくたって、寝るまでにはちゃんと帰ってくるさ」

「新幹線に乗る前に連絡するって言ってたけど……」

　紗理奈はテーブルに置いた携帯に目をやった。

「いいねえ、そうやって待たれるうちが花だ。あいつ、あっちで悪さしてなきゃいいが」

「えっ、悪さって……ジュンが浮気？」

　紗理奈は思わず、飲みかけていた麦茶のコップを置いた。

「いや、浮気なんてあいつにそんな甲斐性はないよ。しかしほら、付き合いで行くだろ。いろんな店にさ」

「ああ、飲み屋ですか」

「クライアントの人間で、キャバクラとかガールズバーに目がないのがいるって言ってたから」

「ただのお付き合いでしょ」

「おっぱいパブって知ってるかい？」

耕一の目の端に鈍い光がきらりと差した。

「何それ。いかにもいやらしい響き」

耕一は店のサービス内容を、まるできのう行ってきたかのようにリアルに、事細かに語るのだった。

「ずいぶん詳しいのね」

「いや、週刊誌の情報だけどね。あいつのおっぱい好きはガキの頃からだから」

「子どもの頃からって、どういうこと？」

「あいつは母親べったりの子でね。俺が仕事が忙しくてかまってやれなかったのもあるけど、とにかく母親大好きだったんだ。何しろ中一まで母親のおっぱい吸ってたんだからな」

「えー、中一？」

紗理奈は思わずのけ反った。その反応を楽しむように耕一は得意になって話し続けるのだった。

「何か嫌なことがあったり、だれかに叱られたりするとね、母親の布団にもぐりこんでいくんだよ。それは小さい頃からずっと同じ。それでもって母親のおっぱいをまさぐってしゃぶるんだ」

「つまり母乳を飲んでいた延長って感じですか……」

「うん、まあな。母親の方も甘やかしすぎだと思うけどね。とっくに母乳は出ないのに、子どもが泣くと、黙らせるためにとりあえずおっぱいを吸わせたりするだろ」

「それはわかるけど、せいぜい二、三歳までじゃないですか」

「うむ、それを淳也は中一までやってたんだ」

「許していたお義母さんもすごい。よほど可愛がっていたのね」

「何かちょっと、気持ち悪いだろ」

「中一までっていうのは、さすがに……」

「あいつ、その頃はまだ体も小さくて小学生みたいだったけどね」

「でも中一でやめたのね」

「好きな女の子ができたから。俺はたまたま知っているんだが、あいつは中二の夏休みにはもう女を知ってたよ」

「へえ、けっこう早いかも。ジュンとそういう話をするの？」

「話すも何も、部屋でやってるとこ俺に見られたんだ」

「ええっ」

「日曜日に俺と家内が出かけて、あいつは試験前だからひとりで留守番のはずが……たまたま用事が早く終わったもんで夕方前に帰ったら……」

「見られちゃったんですね」

「部屋でガンガン音楽かけてさ。デカい音だから俺がドアを開けたのも気づかないんだよ。女の子の上に乗っかって、猿みたいに夢中で腰を振ってるんだ」

「わあ、ばっちり見られたんですね」

セックスの時に大音量でヘビメタを流すのはその頃からの習慣なのか、と紗理奈は思った。

「相手の子は胸がデカかったな。いいおっぱいしてたよ。ひとつ年上だって言ってたけどね」

「親に見られて二人とも驚いたでしょう」

「ああ、でも居直って、夕飯までうちで食べてった」

「ふうん、そんな話はジュンから聞いたことないな」

「まあ、嫁さんには話さんわな」

「ジュンて、昔からおっぱい好きだったのねえ」

「今はあんたがいるから」

「でもたまには私以外のも触りたくなるんでしょうね。だからそんな店に……いやだわ。今回も行ったのかしら」

「さあね。行ったとしても、ただの付き合いだから、気にすることないよ」

紗理奈は小さく首をひねった。浮気ならば仕方がない。人間なのだから、他の女に心惹《ひ》かれることがあっても不思議ではない。妻だからといってその気持ちをコントロールすることはできないのだ。

だが風俗とか水商売の女が相手、というのはどうなんだろう。紗理奈には男の気持ちがわからない。よく知らない好きでもない相手の体を触って、気持ちがいいものなのか。好みのおっぱいであれば欲情するのか。

「ほかには？」

「え、何が？」

「ほかに、ジュンの女関係で知ってること、まだあるの？　過去のことで」

紗理奈はきりりとした表情で耕一に質問した。

「いや、べつに……」

「この際だから全部知っておきたいの」

「いやあ、急には思い出せないよ」

「思い出せないぐらいいろいろあったのね？」

「そういうことじゃないよ。あー、そうそう。あいつが大学生三年の時だったかな、家庭教師のアルバイトで女子高生を教えてたんだが……」

「その生徒に手を出したとか？」

「そう、その通り。勉強の後、その子の部屋でやってたんだな。それを親に見られて……いやあ、大変だったよ。両親がうちに怒鳴りこんできてさ」

紗理奈は返事の代わりに大きく息をついた。

「馬鹿だろ。見つかるなんて」

「それは違うでしょ。じゃ、見つからなければいいの？」

　ムキになって紗理奈は言い返した。

「あ、いや、そういうことじゃないけど。こっちはもうほとんど土下座で、平謝りだよ。合意だったとはいえ相手は十六歳だからね。当然、家庭教師の登録も抹消だ」

「あーあ」

「まあ、あいつが言うには、向こうが誘ってきたっていうことだけど。これ見よがしに胸の開いた服を着てちらちら見せつけるんだと……」

「遊んでる子だったんだ。ジュンは簡単に誘惑に負けたのね。見つかった時が最初じゃなかったんでしょ」

「うむ、一年近く教えてたんだが、最後の方は行くたびに毎回やってたそうだ」

「いやあね、とんだ家庭教師だわ。机じゃなくてベッドに直行してたのね」

「それが、さすがにベッドはまずいから、すぐやめられるようにっていうんで……立ったままスカートをまくって女の子のパンティを脱がせて、机に押しつけて後ろから……」

「いやらしい、バックでしてたの」

「見つかった時はその格好だったらしい」

「そういう体勢だと、まるでジュンが女の子を襲ってるみたいに見えるわよね」

「そうなんだ、すごく分が悪いというか、実に間が抜けてる」

「お義父さんに見られた時も間抜けだったんでしょ、猿みたいで」

「ああ、それからちっとも成長してなかったんだな、あいつは……」

淳也の過去を知って紗理奈は少し混乱していた。女性関係のトラブルなどとは無縁な男だと信じていたからだ。もしや出張中に、おっぱいパブの女にでも入れこんでいたら……と思うと急に心配になってきたのだ。


その夜、ようやく出張から帰宅した淳也と紗理奈は久しぶりに同衾《どうきん》していた。

一回だけではすみそうもないので、とりあえずがつがつしている夫に体を開き、早々に放出させてやった。パンティを脱いだだけでまだ乳房も吸わせていない。

「あー、久々だからたくさん出ちゃったよ」

ティッシュを引き出していた彼はＢＧＭのボリュームを下げながら言った。

「ほんとに久しぶり？　悪いことしてないのね？」

「何それ、浮気でも疑ってるの？」

「私に言えないようなお店に行ってるんじゃない？　たとえばあの、おっぱいパブとか……」

「えー、そんなとこ知らないよ」

「またまたとぼけちゃって。クライアントとの付き合いで行くこともあるんでしょ」

「ごくたまにね」

「ひとりで悶々《もんもん》としてないで、たまには息抜きすればいいのに、そういう店で」

「あ、お許しが出た。だったら僕、ほんとに……」

「いやあ、だめぇ」

紗理奈はいきなり全裸になった。剝き出しの乳房がぶるんっと揺れた。

「そんな店で若い子のおっぱいを触ったり吸ったりしたら許さないから。もちろんエッチもだめ。フェラもさせちゃだめ。手で抜いてもらうのもNGよ」

「何だ、全部禁止ってことじゃないか。あれ、何か前より胸が……」

淳也は目の前に差し出された妻の乳房の谷間に顔を埋めながら言った。

「大きくなった気がするけど」

「太ってないわよ、私」

「久しぶりだからそう感じるのかな」

「生理前は胸が張るから大きく見えるのよ。でも、すごく感じやすいの……」

紗理奈はうっとりとした表情で淳也の頭を撫でた。

「やっぱ、この胸がいちばんだよ」

彼は乳房に顔を擦りつけながら、しきりに手でまさぐり、指先で蕾をつまみ上げ、舌でつついて刺激していた。

「ねえ、私、知ってるのよ、あなたの過去のこと。お義母さんのおっぱいを中一まで吸ってたとかいろいろ」

淳也は乳首を口に含んだまま、目だけ上げて紗理奈を見た。

「中二で初体験だなんて、けっこうませてたのね。意外」

「何で？　何でそんなことまで知ってるんだよ」

「ふふっ、聞いちゃったの」

「親父だな。親父しかいないよな、君にそんな話するの」

彼は顔は上げずに胸を揉み続けた。

「しょうがないなあ、酔っぱらってたんだろ」

「詳しく聞いちゃった」

「大げさだから。話、盛るのが好きなんだよ」

「ジュンの相手はいつも胸の大きい女の子だったって」

「親父、よく観察してるな。やらしいな」

「やらしいのはジュンの方よ。ほんっとにもう、見かけによらず遊び人なんだから──」

紗理奈はそう言うと、乱暴に淳也を突き飛ばした。そして仰向けに倒れた彼の上に素早く跨がった。

「あ、お馬さんか……電気つけっぱなしだけど、いいの？」

「今夜はいいわ。もう、うんとこらしめちゃうから」

全裸で彼の上に跨がった紗理奈は、スティックの根元をむずっと摑むとすぐさま女穴に収めた。長い髪を振り乱し、アマゾネスのように豊かな胸を揺らしながら大きく体を上下させた。

「昔のことで責められてもなあ」

「出張先だって、わかったもんじゃない。デリヘルとか、マジやめてね」

「しないよ。だからうんと、ヤリだめしておく」

「それがいいわ」

紗理奈はほくろのあるヒップをゆっくりと旋回させるように動かしたり、時には小刻みに上下させて変化をつけた。

「あ、サリーのあそこが締まってる。うう、気持ちいい」

「中を、締めつけてるのよ。感じてるんだ」

「すごいよ。きゅうっと締まって、アレが折れそうだよ」

「大げさね」

紗理奈は少しだけ腰を浮かせて、結合部分に手をやった。ぬるぬるに湿っている幹の根元を指で捉え、小さくしごいた。

「あーっ、だめだよ。そんなことしたら、感じすぎる」

「ふふっ、まだ出しちゃだめよ」

紗理奈は貫かれたまま器用に体の向きを変えた。淳也の腹の上で長い脚を折り曲げ、彼に背中を向けて跨がったのだ。

「どう、見えてる？」

ゆっくりと腰を振りながら彼の方を振り返った。

「ああ、ばっちり見えてる。明るいから、何もかもね。僕のモノがサリーのアソコに食いこんでるんだ。すごいよ、ぬめぬめしてる」

「そんなによく見えるんだ」

紗理奈はヒップのほくろのあたりに手をやった。そして腰を突き出すような姿勢をとると、わざと繋ぎ目を露わにさせた。

「サリー、とんでもなくいやらしいよ。ねえ、このまま出しちゃいたい」

「だーめ。まだすることがあるんだから」

急に動きを止めると紗理奈はさっと馬から下りた。

「あー、気持ちよかったのに、何でやめちゃうんだよ」

「いいことしてあげるから」

急に行き場を失ってひくひくと先端を震わせていた肉の棒を、紗理奈は口で捕まえておもむろに咥えこんだ。

「あ、しゃぶってくれるんだ」

「私よりずっと巧い人、いたんでしょ」

「さあ、忘れたよ」

「プロにはとてもかなわないけど……」

紗理奈は舌を突き出し幹を丁寧に舐め上げたかと思うと、いきなり深く飲みこんだ。梶棒は長いのでぐらぐらしているが、紗理奈は根元のあたりをきゅっと捕まえた。

「ねえ、深く咥えたままで、吸ってくれる？」

「んもう、ジュンはエッチなんだからぁ」

「おっぱいと同じぐらいフェラが好きなんだ……あ、それ、感じる」

彼の股ぐらに顔を埋めるようにしてせっせと舌を使っていた紗理奈は、いったんペニスを幹の半分ぐらいまで飲みこみ、次に強く吸い上げた。

「だめだっ、イキそうになる」

「ふふっ、まだよ」

今度はアイスキャンディーでも舐めるように、長く舌を突き出して幹に這わせていった。顔にかかる長い髪を自分で掻き上げ、口元がよく見えるようにしてやった。そして時折、遠くの方にさりげなく視線を送るのだった。

「長いから、舐めごたえがあるのよね、これ」

「太い方がいいんじゃないのか？」

「サイズなんて関係ないから」

紗理奈はぺろぺろと舐め上げたり、たまに横から咥えてみたりと変化をつけた。

「すごく太いヤツ、ハメられたことあるのか？」

「え、そんなの……知らない」

「あるんだな。否定しないから、あるんだろ？」

「……ないわよ」

だが淳也はいきなり起き上がって紗理奈を突き飛ばした。仰向けにさせてすぐさまのしかかり、先ほどまでしゃぶらせていたスティックを女肉に打ちこむのだった。

「あ、あん……」

「どうなんだよ、ぶっといのがここに入ったことあるのかよ」

「わかんない。ある……かもしれない……」

紗理奈は顔をそむけ目を閉じたままで言った。

「喜んでしゃぶったのか？　自分から食らいついたんだろ」

「ちがうの。無理やりなの」

「まさか。サリーは涎垂らしながら舐めたんだろう」

もはや淳也にとっては、紗理奈がかつて巨根の男とセックスしたかどうかなど、どうでもいいことだった。それをネタに紗理奈を責めることが目的なのだ。

「強引に咥えさせられたの。口に押しつけられて」

「相手は中年か？　おっさんにやられたのかよ」

「そうよ」

「ほんとは喜んだんだろ。おっさんのデカいのぶちこまれて、ひいひい鳴いたんだろ。サリーはデカいのが好きなんだもんな」

「いやぁ……そ、そんなこと……」

淳也は紗理奈の上に乗って一気にピストンを開始した。自分が興奮する勝手なストーリーを作って、根も葉もないことを妻に言わせて楽しんでいるのだ。

「どうだ？　やっぱこれじゃ物足りないか？」

「あんっ、ああんっ……」

紗理奈は夫に付き合ってふしだらな妻を演じていた。

「今度、大人のおもちゃを買ってきてやるよ。すごくぶっといの、突っこんでめちゃくちゃにしてやるから」

「はあ、はあん……」

紗理奈は思いきり脚を広げて夫を受け入れた。彼は、いろいろとストーリーを作り出しては空想の世界に浸《ひた》るのが好きなのだ。紗理奈は今、巨根好きの淫乱な人妻、ということになっている。

「デカいのが入ると、やっぱ充実感が違うのか？　擦るたびに感じるか？」

「そうよ……おっきいのが、好き」

紗理奈は自分の上に乗っかっている夫の背中に手を回していたが、次第に下へと滑らせていった。ごく単純なピストン運動を繰り返している彼のヒップが、小刻みに振動し上下しているのがわかった。

「ああん、ジュンのお尻が、すごく速く動いてる」

「デカくないから、速さで勝負だ」

きっと耕一に見られた中二の時も、淳也は女の子の上に乗って夢中で腰を振っていたのだろう。餌に飢えたオスであることは今も同じだ。速いスピードでの送りこみが続いていく。

「すごいよ、こっちもすごいことになってる」

「何が？」

「濡れすぎて沼みたいになってるよ。びしょびしょだ」

「ああーんっ、だってぇ、感じるんだもの」

「ゆっくり動かすと……ほら、わかる？　アソコがくちゃくちゃ鳴ってるんだ」

「いやぁん、やらしい音」

紗理奈は顔を歪め、頭を振ってイヤイヤをした。シーツの上で長い髪が乱れた。

「こんな音が出るぐらい濡れてるんだよ。本当にスケベな女だな。ああ、ぬるぬるで滑るよ」

勢い余ってペニスがぽろんと抜けた。淳也はあわてもせず馴れた手つきでスティックを掴むと、再び女穴に押しこむのだった。

「入った。するっと入ったよ」

「ゆるすぎ？　ごめん、締まりがなかったね」

「いや、そんなことは……」

紗理奈はピストンを再開させ、再び狂ったように打ちこんでくる夫の頼もしいヒップに手をやった。筋肉が固く締まり、脇腹や背中も無駄な肉がまったくついていない。紗理奈は夫の体がとても好きだ。結婚を決めた時、この体が一生自分のものだと思うとうれしくなった。だからこそ、たとえ一回きりの商売女だとしても、他の女には絶対に触れさせたくないと強く思うのだった。

「は、入ってる……私のアソコにしっかり入ってる」

「実感してるの？　ああ、何か締まってきたぞ。中の方がじわじわ締めつけてきた」

「か、感じる。感じすぎる……」

紗理奈は淳也のテンポに合わせて、自分から腰を動かしてきた。これ以上開けないというほど大きくMの字に脚を広げ、下から小さく突き上げていった。

「すごすぎるよ、そっちも動かしてるし……ああ、巾着《きんちゃく》みたいに入り口が締まってきて……ああ、もう無理」

「まだ、だめ。もうちょっと……ねえ、私の脚を肩に乗っけてよ」

一瞬の間、動きがぴたりと止まった。そして淳也は素早く紗理奈の足首を摑んで自分の肩に担ぎ上げた。ほっそりとした脚が高々と上がって、バレエダンサーのようにまっすぐつま先まで伸びていた。

「ああんっ、こうすると挿入が深くなって、ますます感じるのよ」

「すごい格好だな……サリーは本当にやらしい女だよ」

「だって、これが気持ちいいの」

「あ、ああ……だめだっ、締まりすぎて。もうもたないっ」

紗理奈の脚を担いでものの三分もしないうちに、彼は果てた。最後はほんの数回擦っただけだ。

「あー、イッちゃった」

「もうちょっとで私もイッたのにぃ」

「悪い、悪い」

彼は、口を尖らせて不満げな紗理奈の脚を下ろしながら言った。

「体位を変えたらもう少しもつと思ったのに」

「逆効果だったね。変えたらあっけなくイッたよ」

ティッシュを取りに立ち上がった彼の逸物《いちもつ》は、すぐには収縮せずにまだ形が残っていた。

「ねえ、こっちもお願いよ」

紗理奈は膝を左右にぱたんと開いてみせた。ほぼ百八十度に広がったそこは、たった今まで淳也の逸物がつつき回していたせいで、柔肉が粘液にまみれ充血し無残なほど荒らされていた。恥毛は適度にカットされていて花びらのまわりをうっすら縁取る程度だ。

「ぱっくり割れて、ザクロみたいだな」

「そうなの？　よく見えないけど……」

紗理奈はさりげなく窓の方に目をやった。

「ねえ、拭いて……」

「はいはい。でもうんと奥の方で出しちゃったから、すぐ出てこないかもしれないよ、僕の精液」

「わかってる。トイレに行ってお腹に力を入れると、どろっと出てきたりするのよね」

「たくさん出ちゃったよ。二回目でもけっこう出た」

「たまってたのね」

「うん。やっぱり、うちの奥さんの中に出すのがいちばんだ」

淳也は妻の股を覗きこむようにして、ウエットティッシュで局部を丁寧に拭ってやっていた。紗理奈はその様子を満足そうに見下ろすのだった。

「気持ちいいし、安心だし、安全よ」

「おまけにタダだ」

「ほとんどの男はそのために結婚するんでしょ。いつでもタダで好きな時にセックスできるからって。しかもナマで」

「タダほど高いものはないよ。それにいつでも好きな時にやれると思ったら大まちがいだ」

「お金を払って処理してもらうよりマシじゃない?」

「何かこの話、終わりそうもないね。僕、もう寝るから」

淳也はさっさとパジャマを着こんで布団に入った。紗理奈はもう一度シャワーを浴びようと全裸で立ち上がった。

翌日の朝、紗理奈は夫や義父よりも早く起き出した。パジャマを脱ぎ、ルームウェアにしているワンピースを頭からさっとかぶって着ると、そっと部屋を出た。

音をたてずに玄関を出て裏庭に回った。特に植木や花壇などはなく、物置があるだけの殺風景な狭い庭だ。壁に沿って行くと突き当たりがちょうど、紗理奈と淳也の寝室の前にあたる。

窓の下に足跡を見つけた。やはり……としか言いようがない。窓に顔をつけるようにすると、カーテンの隙間から部屋の中が見えるのだ。レースカーテンはきちんと引かれているが、遮光《しゃこう》カーテンは端の方が少しめくれていたのだ。

夜、部屋にあかりがついて明るければ、レースカーテン越しでも内部はほぼ丸見えだ。そのわりに中から外はよく見えないので覗きにはもってこいなのだ。

義父は夜になるとしばしばここに立って、若い夫婦の閨房《けいぼう》をこっそり見学していたにちがいない。会話の中でちらちらと、二人の性行為に言及することがあったのは、想像ではなく実際に見ていたからだ。

こんな場所から覗いていたなんて。あらかじめカーテンの端をめくって覗けるように仕組んだのも計画のうちなのだろう。

紗理奈は少し前から覗かれていることにうっすら勘づいており、前夜の淳也との性交はそれを意識していた。部屋の照明は消さなかったし体の向きも考えた。窓に向かって剝き出しの性器をさらしたり、咥えている口元がよく見えるように顔の角度を考えた。

耕一はこうした紗理奈の工夫に気づいていただろうか。暗がりにひとり立って息子夫婦のまぐわいに興奮していたのか。卑猥な会話に聞き耳を立て、あられもない恥態に視線が釘づけになる……。

紗理奈は唇の端を歪めて笑い、その場を立ち去った。夜中まで起きていた耕一のため、たまには朝食の用意をしておこう、と思ったのだ。

「ずいぶん蚊に刺されたんですね。これ、使ったら」

珍しく和風の朝食を用意した紗理奈は、耕一に虫刺されの薬を差し出しながら言った。

「ああ、ありがとう。朝メシ作ってくれたんだ」

「ええ、日曜日ぐらいは」

耕一は、腕や首、足の甲にまで薬を塗っていた。

紗理奈は味噌汁やだし巻卵、アジの干物に焼き海苔といった旅館の朝食のような品々をテーブルの上に並べた。

その間も耕一は虫刺されのクリームを塗り続けた。だいぶ掻きむしってしまった箇所もあり、赤みがひどかった。

「すごい数。まるで藪《やぶ》にでも立っていたみたいね」

「うむ、いつの間にこんなに刺されたんだろうな」

「何かに夢中になっていると、蚊に刺されたことにも気づかないのよね」

「そうだな……あれ、淳也は？　まだ寝てるのか。朝メシの用意ができているのに」

耕一はさりげなく話題を変えた。

「疲れてるみたいなんです。いろいろと、ハードワークが続いているもので」

「うちに帰ってもハードワークか。ま、若いから心配ないだろう」

「一晩寝ればすっきりよね」

「朝の仕事はないんだな」

「さすがにけさは」

紗理奈は茶碗にご飯をよそいながら、ちらりと耕一を見て笑った。

こうしたすれすれの会話を案外二人とも楽しんでいたりするのだ。お互い何となくわかっていることを、あえてはっきりさせたり確認せずに曖昧なまま話をする。

耕一が覗いていることは明らかになったたし、紗理奈がそれに気づいていることも彼は知っているはずだ。

それなのに何事もなかったように、日曜日の朝食を二人で面と向かって食べようとしているのだ。

「マッサージでもしようか、あんたもだいぶ疲れているんだろう」

耕一は紗理奈の背後に回って肩に手を置いた。

「きょうは特に凝っていないわ」

「こんな大きなおっぱいだと肩も凝るんだろうな」

「ええ、まあ」

「ふむ……ああ、やっぱり、ノーブラなんだ」

いきなりワンピースの上から胸をぎゅっと摑まれた。

「何するの、ジュンがもうすぐ来るのに」

「じゃ、それまで触らせてくれるか」

耕一は紗理奈の背後から両手を回し、ふたつの丘をじっくりと揉みしだいた。紗理奈は少し不快な顔をしたが、特に抵抗はしなかった。

「さっきからちらちらとポッチが見えてたから」

「観察が細かいのね」

「あんたの意図もくみ取ってやらないとな。じいさんを朝から刺激してどうしようっていうんだい？」

素早く前ボタンをはずして服の中に手を入れた耕一は、生の乳房を揉み上げ先端を指でつまんだ。

「ほら、もうこんなに固くなってる」

「刺激すればそうなるわ」

「吸いたい……」

「だめよ。ジュンがもう来るから」

するといどかどかと足音をたて大きな欠伸をしながら淳也がやってきた。

「あ、味噌汁の匂い、いいねえ。腹減ったー」

何も知らない、何も気づいていない夫であり息子でもある淳也は、能天気な顔で食卓に着いた。

「何だ、お前。寝間着のままで朝メシか？　いい年をしてだらしない」

耕一は息子の顔を見るなりたしなめた。

乳揉みを楽しんでいたのに邪魔されたので不機嫌なのかもしれない、と思いながら紗理奈は淳也の分の味噌汁もよそった。

「はいはい、後でちゃんと着替えるから」

「俺はちゃんとしつけたつもりだが、母さんが甘くて。お前も遠からず親になるかもしれないんだから、日頃からきちんとしないと」

「親になる予定なんか、べつにないよ、当分は。なあ？」

淳也は紗理奈の方を向き、同意を促すように言った。パジャマ姿のままですぐに朝食に手をつけた。

「私たち、二人とも忙しいから今は子どもなんて、とても」

紗理奈は穏やかに微笑みながら返した。

「でもまあ、お前たちはすごく仲がよさそうだし、自然に任せてる感じなんだろ？　だったらいつ親になってもおかしくはない」

「親父、ずいぶん立ち入ったこと訊くね」

「ああ、いや、そういうつもりじゃないが……」

「お義父さんが心配するのもわかります。だって私は年上で、もうそんなに若くないし。さっさと産んだ方がいいっていうのも正しい考えです」

「いや、そういう意味じゃない。あんたはまだ若いよ」

「三十二になったんですよ」

「十分若い」

耕一は噛みしめるように言った。覗きとはいえ耕一は紗理奈の体をよく観察し、熟知しているのだ。今のところタッチは胸だけだが、自らの逸物を女芯にぶちこんでめちゃくちゃにしたい、という欲望には変わりはないだろう。彼の目に小さな炎が浮かんだのを、紗理奈は見逃さなかった。

「二十歳の子に比べたら十分おばさんよ。体の線もくずれてるし。もうお店では使い物にならないでしょうよ」

「いやいや、それが最近は熟女専門の店もあるぐらいでね……」

「熟女って、そりゃないだろ」

耕一はフォローしたつもりかもしれないが、淳也はその一言にあきれた顔で返した。

「ちがうんだ。紗理奈さんがっていう意味じゃないよ。若い子じゃダメっていう男もいるんだから。最近はけっこう多いらしいよ」

「そういうお店なら私でもまだ若手で通用するかしらね」

「店のことなんか、どうでもいいよ。サリーがバイトするわけでもないんだから」

淳也は露骨に顔をしかめた。

「少なくとも、おっぱいパブでは無理ね。そういう店で働いている子たちは、みんなFカップ以上でおっぱいがツンと上を向いているんでしょ、ねえ？」

「知らないって言ってるじゃないか。ゆうべからしつこいなあ」

「まーだ、とぼけてる」

「お前たち、そのくらいにしておかないか。朝メシがまずくなるぞ」

耕一が割って入ったので口ゲンカはいったん中断した。だがまだ火種はくすぶったままだ。

「サリーって、案外執着するタイプなんだよな」

「そうよ、私はしつこいの。ついでに言うなら、嘘を見破るのも得意なのよ」

紗理奈は食べるのをやめ、音をたてて箸を置いた。

再び淳也が出張に出た三日後のことだ。紗理奈は珍しく仕事が早く片づいたので、出先から直帰した。

きょうは耕一が夕飯を作ってくれる日だが、買い物してくるものがあればと思いメールしてみたがしばらく待っても返事がなかった。すでに準備にとりかかって忙しいのかもしれない。男の料理教室とやらに通い始めて以来、やたら手のこんだメニューが食卓に並ぶことが増えたのだ。

メールの返事がないまま家に帰り着き玄関を開けた。きちんと揃えて置かれた婦人靴を見て、だれが来ているかすぐに見当がついた。が、様子を窺うため足音をしのばせて部屋に入っていった。

ハウスキーパーの君代が来ているのならキッチンにいることが多いのだが、姿はなかった。家の中はいやに静かだ。きょうは彼女が来る曜日ではないのだが、仕事以外の何か用事があってのことだろうか。

メールに返信してこない耕一は一体どこにいるのか……紗理奈は階段を上がって二

階の耕一の部屋の前まで行ってみた。

何かしら普通ではない空気に気づいて、紗理奈の足が廊下でぴたりと止まった。部屋の中から低くくぐもった、しかし確実に愉悦《ゆえつ》の響きと断言できる声が、とぎれとぎれに聞こえてくるのだ。

紗理奈はドアの前で聞き耳を立てた。そこは独身時代の淳也が使っていた洋室で、彼が結婚して出た後は耕一の寝室になっている。ベッドもそのまま置かれて耕一が使用しているのだ。

万にひとつも疑ってみなかったことだが、もしや君代と耕一に肉体関係がある、という可能性が頭をよぎった。とはいえ二人の年齢から考えても本格的な交わりではなく、文字通り乳繰り合う関係、といったものか。彼が紗理奈にしているように、乳房を揉んだり吸ったりといったヘビィペッティング的なものかもしれない。

六十四になっても耕一はまだ女の体に尽きない興味があるようだ。若いだけがいいわけじゃないと言っていたが、紗理奈より二十歳ぐらい上の君代が性的な対象になるとは驚きだった。

何しろ君代はどこからどう見ても普通のおばさんなのだ。特に若々しいわけでもお洒落でもなく、エプロンがよく似合うふくよかな中年だ。

淳也の母親が病気がちだったので、彼が小学生の頃からもう十五年以上も家事手伝いのために通っているのだ。耕一が定年になり、紗理奈たちが同居するようになっても週に一、二回は来てもらっている、一家には欠かせない人物だ。

だがしかし、耕一とそういった深い関係になっているとは考えてもみなかった。昔から家主《いえあるじ》が使用人の女性に手を出す、といったことはよくある話のようだが、よりによって君代でなくても……と紗理奈は複雑な思いだった。

「あ、ああ〜〜ん、旦那さま。これ以上はだめです。紗理奈さんが帰ってきますよ」

ドア越しに二人の会話が聞こえてきたので、紗理奈は思わず聞き耳を立てた。

「まだ五時じゃないか。あの人は七時前に帰ってくることはないよ。何しろ仕事人間だからな」

するとチュッチュッという唇の摩擦音が小さく聞こえた。見なくても何をしているか明らかだ。

「あー、旦那さま、もうだめ、堪忍して」

「何を言ってるんだ。胸を吸われたぐらいでこの騒ぎか……どれ、あっちはどうなってる」

「あ、いや……」

「おおっ、もうずいぶんと濡れてるじゃないか……うむ、くちゃくちゃしてるぞ」

「ああ、こんなこと」

君代は震えるような涙声になっていたが、もちろん本気で嫌がっているはずがない。うれしくてたまらないのだろう。

紗理奈はドアノブにそっと手をかけ、音をたてないよう細心の注意を払ってゆっくりと回した。もっとも二人は事の最中なので小さな物音に気づくとは思えない。

一センチほど隙間ができると、紗理奈は顔をつけるようにして中を覗きこんだ。

案の定二人ともベッドの上だった。君代の上半身はすでに裸で、つきたての餅を思わせる真っ白な乳房に耕一は顔を埋めていた。肩は丸く、二の腕にもぽってりと肉がつき、胸はかなりボリュームがあった。耕一は、小指の先ほどもあるあんず色の乳首に吸いつき、左手でもう片方の乳房を揉みながら、右手はパンティの中にあった。

「あの、もうこのくらいにしておいてください」

「何言ってるんだ、始まったばかりじゃないか。早く、こっちも脱いじゃえよ」

叱りつけるように言うと、君代は観念したようにスカートとパンティも下ろした。白いヒップはどっしりと大きく、ヨーロッパの絵画を思わせる豊満さだ。

全裸になった君代はベッドに押し倒された。のしかかった耕一は、充実した太腿を割り広げて陰部に顔を近づけた。土手にはほとんど手入れがされていないような荒々しい恥毛が黒々と密集していたが、彼の手によってぱっくりと口を開けた。

「ああ、恥かしい……」

「ふんっ、何を今さら。お前さんのここは、もう二十年近く前から見てるぞ」

「そんなにはなりませんわ。せいぜい十五年ぐらい……」

「どっちも似たようなもんだ」

立ち聞きしていた紗理奈は驚いて思わず引いた。淳也の母が存命だった頃から二人は関係があったのだ。女好きの耕一なら考えられることだが、セックスアピールをほとんど感じられない君代に、なぜ興味を持ったのか不思議でならなかった。やはり彼女の大きな乳房と尻が目的だったのだろうか。

「あっ、だめ……それは、だめです」

君代の鋭い声に、紗理奈は再びドアに顔を近づけた。

「何でだめなんだ？　本当は舐められるの、好きなくせに」

「だって今は、シャワーを浴びてないし……」

「シャワー浴びて石鹸できれいに洗い上げてからじゃ面白くない。このままがいいんだよ。匂いも味も、そのまま……ああ、すっかりぬめってる」

耕一はいきなり君代の股ぐらに顔を突っ伏した。ごま塩の頭が、どっしりと充実した太腿の付け根で小刻みに動く。

「はあ〜〜、は、恥かしい。お願い、もうやめて」

彼は返事もせずにせっせとクンニを続けていた。物音ひとつしない静かな部屋に、チュッチュッという耕一の口音だけが響く。君代は声もあげずに耐えているようだ。大きく広げた丸い膝がぶるぶると震えている。

「ああ、旦那さま……」

君代は顔を大きく歪め、身悶えしながらも耕一の頭をしっかりと股に抱いた。

淳也よりも父親の方がクンニは巧そうだ、と紗理奈は確信した。君代の大仰《おおぎょう》な反応は、サービスだけではないような気がしたし、彼はちゃんと相手のリアクションを観察しているのだ。指も舌も唇もすべて無駄なく駆使して攻めたてている。君代の顔は興奮と羞恥のためすっかり紅潮し、時折全身が痙攣《けいれん》するように震えた。

「もう、だめ。いけません……これ以上したら、おかしくなりそう」

「何だ、情けないな。じゃあ、こっちを頼もうかな」

耕一は素早くズボンと下着を一度に下ろした。すでに肉柱になった逸物が中から勢いよく飛び出してきた。

「あらあ、元気のいいマツタケですこと」

途端に君代の眼差しに艶《つや》っぽい光が差した。目のまわりは酒にでも酔ったようにうっすら赤くなっている。

「食べたくなっただろ。いいぞ、そら……」

顔の前に突きつけられた赤褐色のペニス。淳也ほどの長さはないが、ずんぐりとしていて申し分のない太さと形だった。そしてしっかりと九十度の角度にまで立ち上がっている。

「もちろん、喜んでいただきますわ」

耕一がベッドに大の字に横たわると、君代は何の抵抗もなくぱくりと食らいついた。まるで好きな果物か何かにかぶりつくように実に馴れた様子だ。紗理奈もここまでスムーズにしゃぶることはできないと思った。

まず幹をしっかりと舐め上げ、その後先端だけ咥える。中でさかんに舌を動かしているのか口をすぼませている。そして徐々に根元に向かって飲みこんでいくのだが、その間も指で幹を撫でたり、または肉袋をいじったりと忙しい。

だがそれらの動作は決して、早くフィニッシュさせるためではなく、気持ちよくなってもらいたいというサービスのように見えた。手馴れてはいるがルーティンになっていない、という印象だ。

「うむ……お前さんのフェラは最高級だよ。そこいらの風俗嬢に指導してやってほしいね」

すると君代は、チュバッと音をたてて口からペニスを離した。

「そんな。私のは旦那さまだけに通用するテクニックですから。ほかの男の方にはどうなのか……」

少女のように恥らいながら笑ったその唇は、唾液で濡れ光っててらてらと輝いていた。君代の顔だちは地味で、とても美人とは言えないが色白なので多少垢《あか》抜《ぬ》けて見える。また肌が若々しく張りがあり、とても滑らかそうだ。

「お前、ほかの男にもこのフェラを試してみたことがあるか？　若い男ならイチコロだぞ。三分もたない」

「いえ、この十五年は旦那さま一筋ですわ。それ以前は、フェラチオなんてほとんど経験がありませんもの。別れた夫とはずっとセックスレスでしたし」

「俺に仕込まれた、と」

「ええ、その通りです」

しゃべりながらも君代はせっせと口と手を使って奉仕した。時折大きな乳房にペニスを擦りつけたりして刺激を与えていた。

「ああん、もう、たまらないです……」

君代は一際激しく吸いついた後、ため息まじりにつぶやくのだった。

「ほしくなったんだろう。突いてほしいのか？」

「ええ、でも……口で、させていただいてるし、きょうはあまり時間が……」

「時間なんか関係ないから」

耕一はむっくり起き上がると、君代の小柄だがむちむちした体をたちまち組み伏せてしまった。いきなりバックで攻めるつもりのようだ。

君代はおとなしく四つん這いになり、臼のような大きな尻を差し出した。

「うーん、いつ見ても見事なおいどだな」

耕一は両手で尻たぶを摩《さす》るように撫でた後、ちぢれ毛で覆われた赤黒い秘部にいきなり指を挿しこんだ。

「あっ、あああ……」

「すごいな。大洪水だよ」

「いやぁん……」

君代はイヤイヤをするように首を振ったが、彼は面白がってますます激しく指を動かした。指を三本に増やし、中で掻き回すようにくりくりと手首を回転させるのだった。秘部の中に入っていない親指は、まるでついでのようにアナルを突いて刺激していた。

「もうやめて。指はいやです」

「指じゃ物足りないか。もっと太いのがいいんだろ？」

「早く……ほしいんです」

君代はとろんとした眼差しで振り返りながら言った。すると彼は素早く指を引き抜き、同じ場所に口をつけた。犬のように長く突き出した舌で襞《ひだ》と筋《すじ》を舐め上げていく。

「はあんっ、だめぇ、早く、ほ、ほしいの、アレが……」

裸で四つん這いにさせられ性器をさらし、指と舌で弄ばれてもひたすらペニスの挿入を待っているのだ。君代はどっしりしたヒップを小刻みに揺らし始めた。白い肉塊がぶるぶると震えている。

「おねだりか。お前さんは本当にいやらしい女だな」

「こんなにしたのは旦那さまですから」

その一言だけはいやにきっぱりと、正気に戻ったように言い放った。

そしてようやく耕一は、インサートを開始した。まるで一連の手馴れた作業、といった具合にスムーズな動作で逸物を挿したのだ。何の抵抗もなくするりとハマッた。

「あっ……あああ」

君代は低く呻《うめ》いた。その瞬間は頭をのけ反らせ、両手をぐんっと踏ん張ったのだ。

「入った……きょうはあんまりもたないかもしれないよ」

「なぜです？」

君代は喘いでいてもどこか醒めていて、時に冷静になる。それだけ貪欲なのだろう。

「けっこうたまってるし、たくさん出るような気がするんだ」

「あら、うれしい」

「中で、いいんだよな？」

「もちろんですわ。いつでも好きなだけ、たっぷり注ぎこんでください」

君代は五十歳を過ぎているので、いわゆるアガッた女なのだろう。そんな年齢になっても洪水のように濡れるというのが紗理奈には不思議だった。

セックスレスの夫と暮らしていたらそうはいかなかっただろうが、君代は今でも性的な対象にされて実に誇らしいにちがいない。美人でも若く見えるわけでもないのだが、どこかしら男にアピールする何かを備えているのかもしれない。

「あっ、はぁぁぁんっ、感じるぅ」

丸裸で四つん這いになり、恥部をさらして愉悦の声をあげる……君代は今、メスそのものになっている。

「いいぞ。やんわりと締めつけてくる」

「す、すごい……アレが、奥まで届いています」

「こんないい体してるのに、じいさんばかり相手にしているんじゃもったいないな。

もっと若い男と遊んだらどうだ」

「わ、私が？　無理です、そんな」

「熟女が好きな若い男は多いぞ。どうだ、たまには若いエキスを浴びてみたいだろう。どろっと濃いザーメンを」

「あ、あまり……興味、ないんです」

君代は後ろから何度も突き上げられ、息も絶え絶えになりながら必死でこらえていた。

「熟女バーなら、ナンバーワンかもしれないな。俺が仕込んだテクニックで若い男なんぞイチコロだぞ、ははは」

耕一はせっせと送りこみながら余裕で笑った。自分が手塩にかけて性技を教えた女が自慢でならないのだろうか。

「うむ、だいぶ締まってきた」

いよいよ佳境に入ってきたようで、耕一のピストンが一層激しさを増してきた。

淳也のようなキレのある動きには到底かなわないが、それでもせっせと腰を使っている。たるみがちな尻の肉がもりもりと躍動した。

乳牛のようにずっしりとした重量で下がっている乳肉を、彼は下から鷲掴んだ。とても掌に収まりきるものではないが、彼は絞り上げるように揉みしだいた。

「ああっ、もうだめっ……堪忍して……」

君代は肩で大きく息をつきながら、かすれた声で言った。

「まだ体位も変えてないぞ」

「じゃあ、それは二度目でお願い」

「当たり前のように二度目をせがむんだな、やれやれ」

だが耕一の口調はまんざらでもないといった様子だった。

やがて大きなうねりとともに耕一は果てた。君代はさかりのついた雌猫のような粘っこい声で鳴き、がくっと枕に顔を突っ伏すのだった。

第三章　それだけはダメよ！

「まったく何なの、あの店員。ほんと、頭にくる」

紗理奈は、リビングのソファに買い物してきた紙袋を投げ出すように置くと、エアコンのスイッチを入れた。

「まあ、そうカッカしないで」

後から来た耕一はハンカチタオルで額の汗を拭っていた。

「だって……ひどいと思わない？」

耕一の服を買うために二人で近くのショッピング・モールに行ってきたのだが、たまたま入った店で紗理奈は耕一の妻と間違われたのだ。

「あの店員、いろいろと親切にしてくれたじゃないか。わざわざ在庫調べて探してきたりとか」

「サービスの問題じゃないわよ」

紗理奈はソファにどっかりと座り、近くにあった団扇《うちわ》を手に取りばたばたとあおいだ。

「俺があんたの旦那と勘違いされたからかい？　べつに気にすることない」

「私、そんなに老けて見えたのかしら。四十代に見られたのかな」

「そんなことないって」

「だって六十四歳のお義父さんの奥さんてことは……やっぱり若くても四十代よね」

「世の中、年の離れた夫婦はいっぱいいるじゃないか」

「娘と父親には見えなかったってことよね。夫婦の方が自然だったのよね」

「ずいぶん気にするんだなあ。もしかしたら俺が若く見えたのかもしれないし……いや、それはないな」

耕一は自分で言ったことを自分で否定しながら、紗理奈の隣に座った。

「ああ、暑い。これ、ちょっとお願い」

紗理奈は耕一に背中を向け、ワンピースのファスナーを下ろすようにジェスチャーで指示した。

「だいぶ汗かいたね」

「このエアコン、ぜんぜん利かないわね。もっとこう、すぐにガーッと冷えるタイプのに買い換えない？」

紗理奈はまだ少し苛立《いらだ》っている様子だった。リモコンを手にして設定温度を下げている。

「好きなようにすればいいよ」

「ああ、もうほんと、いろいろ頭にくる」

「俺と夫婦に見られたから、ご機嫌ななめなのかい？」

「だって、信じらんない。奥様もどうぞこちらにって言われた時、だれに向かって言ってるのかわからなかったぐらいよ。まさか私のことだなんて」

「ははは、俺たちが親しげに話してたからだろ」

「夫婦にしては年が離れすぎているって思わないかな。親子の方がずっと自然だと思うんだけど」

「本当の親子だともっとぶっきらぼうだったりするんだよ。親しげだからこそ、夫婦と勘違いされたんだ」

「とにかくショックよ」

「まあそう、がっかりしなさんな」

「おまけに暑いし」

紗理奈は勢いよくワンピースを足元に下ろした。服と似たような色の薄いグレーのブラは上品なレースが使われていて透け感が涼しげだ。パンティもお揃いの生地だがヒップを覆う面積はとても小さい。

「この服のせいかしら。これが老けて見えたのかも。おとなしめだから」

シンプルなデザインのワンピースは無地の袖なしだ。カッティングは今風で凝っているが、あまり若々しくはない。

「まだ気にしてんのか。しかしその下着はいいね、そそられるよ……」

耕一は遠慮もなく胸に手を伸ばしてきた。馴れた手つきで肩ヒモをはずすと、カップの中からはみ出して溢れている乳房をぎゅっと摑んだ。

「うむ、汗かいてるな……おっぱいがデカいと汗もたまるだろう」

片乳を剝き出しにすると、すぐに顔をつけて吸い始めるのだった。

「ああ、今はそんな気分じゃないのー」

「いいじゃないか。俺の奥さんなんだし」

「ちがうって……んもう、いやっ」

だが言葉と裏腹に紗理奈はほとんど抵抗せず、新鮮なグレープフルーツのような胸を突き出したまま吸われ続けた。紗理奈は耕一に裸をさらすぐらいは何ともなくなっていた。

こういった行為は、淳也の出張が増えて家を空ける機会が多くなってからは日常化している。もちろん淳也が帰ってくれば彼に抱かれるのだが、その行為もすべて耕一が裏庭から覗き見していたりする。先刻承知の紗理奈は、見られていることにより興奮し、ますます燃えるのだ。

「そのちっちゃいの、取っちゃえよ。どうせ濡れてるんだろ」

「いやっ、ここでそんなことしないから」

紗理奈はぷいっとそっぽを向いたが、耕一は無理やりパンティの中に手を滑りこませた。

「あーあ、やっぱりな。ぬるぬるになってるぞ」

「暑くて汗かいただけよ」

彼は指でつまむようにしてパンティをずり下ろした。小さいのでたちまち性器が剝き出しになる。

「舐めてやるよ。イライラしている時はこれがいちばんだ。クンニで落ち着きを取り戻そう」

「こんな明るいうちから、だめ」

「ふんっ、こんな明るいうちからびしょびしょになってるのは、だれだ」

耕一はソファの下に座りこんで紗理奈の長い脚を強引に開かせた。ほんの少しの抵抗だけで膝は簡単に割れ、女肉が露わになった。土手はふっくらと柔らかそうだが、芯の部分は蘭の花を思わせるように複雑でフリルがめくれ上がっていた。

「いいねえ、ばっちり見えてるぞ。あんた、ここの毛を処理してるのかい？」

紗理奈のそこはちぢれ毛がうっすらと縁取っているぐらいで、きちんと手入れされているのだ。

「そうよ。ごわごわ生えたままにしているのなんか、今は流行《はや》らないのよ。女の身だしなみだわ」

君代のデルタに剛毛がびっしり生えていたのを思い出しながら言った。

「この方が舐めやすくていいな。毛が口に入らないし。ああ、やっぱり。もうこんなに濡れてるじゃないか」

彼は太い指先をフリルの中にもぐりこませ、内部を探るように動かした。

「ああ、いやっ」

「うまそうだな。蜜がしっかり染み出して、もう食べ頃になってるぞ」

「はあ～～んっ、は、恥かしい……」

紗理奈は顔を歪めて思いきりそむけたが、脚は閉じるどころかますます広がっていった。二枚貝もぱっくりと口を開けてひくひく蠢《うごめ》いていた。

「たまらないよ。いただくとしよう」

耕一は舌を長く突き出し、蜜まみれになっている貝をぺろりと舐め上げた。

「うん、うまい……」

一言つぶやくと、犬のように大きく舌を使って何度も何度も同じ箇所を舐めた。その間も指を使ってもぞもぞと中を探るのだった。

「どうだ、感じてるか？　聞くまでもないな、この濡れ方だ……」

汗でてかった顔を上げながら耕一が言った。

「ほれ、お前さんのいちばん感じやすいところがぷっくり膨らんできたぞ。ああ、可愛いな、充血してピンク色が濃くなってる」

彼は今度は舌を小さく尖らせ、紗理奈の最も敏感な肉芽をつつき始めた。最初はゆっくり味わうように、次に周囲を指で押し広げながら集中して攻めた。

「ひっ、ひぃぃぃぃ〜〜」

紗理奈の体がびくびくっと電流が走ったように震えた。

「感じてるのか？」

「だ、だめ。もうだめ、おかしくなっちゃう」

だが紗理奈の下半身は相変わらず大きく剝き出しになったままだ。

「いやらしい花びらだ。もっとおかしくしてやるよ」

耕一は親指で蕾をくりくりといじりながら、残りの指四本をまとめて裂け目の中に埋めこんでしまった。潤滑油が溢れるほど滲み出しているので、苦労せずにすんなりと入った。

「い、いやぁぁぁ……」

「やっぱり、クリだけじゃ物足りないよな。アレをアソコにぶちこんでほしい……そう、思っているんだろ」

　耕一は激しく頭を振る紗理奈の反応を楽しみながら、片手で器用にズボンのファスナーを下ろしにかかった。

「なあ、もうそろそろいいだろ。ここまでさせているんだから、入れちゃってもいいだろ。ほら、こんなになってるし」

　彼はズボンの中に手を入れた。すっかり力をつけて変身した逸物を取り出して見せるのだった。

「だめよ。それだけはだめなの」

「こんなに濡れてるんだし、少しぐらい入れちゃってもいいじゃないか」

　耕一は下着とズボンをまとめて下ろし、赤銅色の逸物を自分で握りしめた。

「いやっ」

　無理やりのしかかろうとする耕一を、紗理奈は本気で抵抗した。

「先っぽだけでも……すぐ終わるから、な」

「それは、いけないことでしょ。私はジュンの奥さん、あなたの娘なのよ」

　紗理奈はきっぱりと言いきり、耕一を押しのけて膝をぴたりと閉じてしまった。

「そりゃ、そうだけどさ……黙っていればわからないって。それにもう、これだけいっぱい、いやらしいことしたんだぜ。俺はあんたの体のすみずみまで知ってるし、恥かしいところも舐めたし、しゃぶったし」

「でもセックスするのとは訳が違うわよ。義理の関係だとしても、親子でセックスしたらまずいでしょ」

「三分ですむよ。ちゃんと外に出すから……」

「だめって言ったら、だめなの！」

紗理奈はソファから離れて全裸の体に直にワンピースを着た。

「どうしても抜きたいなら、手でしてあげてもいいけど……」

「口は？」

「フェラなんか絶対にNGよ」

「えー、頼むよ」

「いやだ、気持ち悪いもの」

耕一は、パンティをはこうとしている紗理奈の腰に手を回してきた。だが紗理奈に抵抗され、突き飛ばされてしまった。

「おい、ひどいじゃないか。年寄りに何てことするんだ」

「都合のいい時だけ年寄りなのね。エロじじいのくせに」

「言いたい放題だな」

それでも彼は紗理奈のヒップに手をかけ、一撫でした。

「しつこいのよ！　君代さんにでも相手してもらえばいいじゃない」

「君代さんはお手伝いだ」

「頼めば何でも手伝ってくれるかもよ」

「まさか、そんなこと」

「とにかくこれ以上はだめなの」

仕方なさそうにズボンをはき直している耕一を横目で見ながら、紗理奈はさっさと自分の部屋に戻っていった。


二日後、紗理奈は自分の部屋に耕一からの贈り物があるのに気づいた。自分でラッピングしたような、ピンク色の包装紙に赤いリボンがかかった小さな箱だ。アクセサリーにしては大きいし少し重い。紗理奈はゆっくりと包みを開けた。

「いやだ、何これ……」

ひとりなのに思わずつぶやいてしまった。

中身はペニスの形をした真っ赤なバイブレーターだった。紗理奈は初めて手にしたそれをしげしげと眺めた。淳也とはこういった性具は使ったことがないので珍しかった。すでに電池が入っていたのですぐ作動できた。

ウーンという低い振動音とともに、安っぽいシリコン製の電動ペニスが震え始めた。切り替えスイッチがあり、小刻みに震えるパターンと大きくうねる動きとに替えられるようになっている。そして振動の強弱も選べる仕組みだ。

そっと腕に当ててみると、かなり振動が伝わってきた。敏感な部分ならどれほど感じるのか興味がわいた。

紗理奈はこうした道具に詳しくはないが、どこか古めかしさを感じた。きっと今どきのローターはもっと軽くて小型でよくできているのではないか。

いかにも耕一が選んだらしい仰々《ぎょうぎょう》しくて大きい偽ペニスを目の前で動かしながら、紗理奈は声を出さずに小さく笑ってしまった。

そしてその晩、夕飯も入浴もすませてひとりで部屋に戻った紗理奈は、淳也がいる時のようにヘビィメタルの音楽をかけた。よく響くように大きめのボリュームで流してみた。

布団を敷き、真っ白なシーツの上に紗理奈はいきなり全裸で横たわった。ひんやりしたシーツが素肌に心地よかった。

そして枕元の箱の中から真っ赤な偽ペニスを取り出し、手に取った。

最初、両膝はぴたりと閉じたままにしておいた。その状態で下腹部にバイブを当てがい、スイッチを入れてみた。

「あっ、ああああ……」

思った以上に刺激が伝わってくる。先端は丸いが、淳也や耕一のモノよりサイズはだいぶ大きいように見えた。やはりこれは飽くまでもおもちゃ、挿入するための道具ではないな、と思った。固いし冷たいし、乾いているし、入れ心地もよくなさそうだ。

スリットに沿うようにしてゆっくりとバイブを動かしてみた。モードは小刻みに振動する方を選択した。

敏感なクリトリスに当たるとあまりにも刺激が強いのでわざとはずした。しかしどうしても振動が伝わってきてしまう。たちまち胸がどきどきし、額にはうっすらと汗が浮かんできた。

「ん……うんんんっ」

全身の神経がそこに集中しているような気がする。ぴたりと閉じていた膝が自然に緩んでだらしなく開いてしまう。

バイブの先端をスリットの内部へ挿入させてみた。途端に股間が痺《しび》れたような強い刺激を受けた。

「あはぁ、はっ、はっ……」

息苦しいので口呼吸も同時にしてみるが、顎までかくかく震えてきそうだ。思いきって少しずつバイブを奥へと侵入させてみる。こんなビッグサイズがどこまで入るのか挑戦だった。

「ああんっ、す、すごい……びりびりくるぅ」

紗理奈は枕の上で頭を激しく左右に振った。黒い髪が額や首筋の汗に張りついて乱れに乱れた。

真っ赤な逸物は半分以上は女肉の中に飲みこまれてしまった。紗理奈はスイッチを切り替えて、大きくうねるモードに替えてみた。

「はあっ、ううう……」

これもまた新たな刺激だった。内部を掻き回すように暴れるのだ。絶対に人間のペニスでは再現できないような動きだ。どんなテクニックを駆使しても、ぐりぐりとドリルをねじこむように旋回する動作など不可能だ。

「いやぁ〜〜、おかしくなりそう」

すでに紗理奈の股は最大限の角度まで開いている。子どもの頃から十年近く新体操をやっていたおかげで、紗理奈の股関節はとても柔らかい。脚はいくらでも開くのだ。

「すごいっ、すごいっ……」

少しずつではあるが着実に深く挿さっていく震える玩具。紗理奈はすっかりヤミツキになってしまい、夢中で動かし続けた。空いている左手は、自らの乳房を揉み乳頭をつまみ上げていた。

「見て……見てよ……」

腰を少しだけ浮かせ小さく上下に振るようにしながら、ギャラリーに向かって局部を見せつけた。先ほどからのオナニーショーは、もちろん窓の外からの視線を意識してのことだ。

「はうっ、あううう……」

すでに赤いペニスは根元を残してほぼ完全に中に埋まってしまった。あんな大きなモノが物理的に入るとは思ってもみなかったので、改めて女性器の機能の素晴らしさを実感した。単なる穴ではないのだ。

紗理奈は唇を半開きにし、涎を垂らす寸前といったところまで乱れ、すっかり我を忘れていた。もう何度も小さなアクメには達していたが、最後の大きな波がいよいよやってくるところだった。

するとその時突然、部屋のドアが開いて耕一がずかずかと入ってきた。すでにパンツ一枚になっていて、まっすぐ紗理奈のもとにやってきた。バイブで自らを慰めていた最中の紗理奈は、もちろん驚いて手を止めた。

「あー、たまらん。こう見せつけられちゃ……」

耕一は赤い玩具を握りしめていた紗理奈の手を乱暴に振り払い、引き抜いてしまった。偽ペニスはぶーんぶーんという振動音をたてたまま、カーペットの上に転がり落ちた。

「あん、何するの……」

「もっといいモノ入れてやるからな」

紗理奈が身を躱《かわ》す間もなく、彼は飛び乗るようにしてのしかかった。

たった今まで極太の電動ペニスが暴れ回っていたので、そこはフリルが大きく広がり粘液まみれの内部がすっかり剝き出しになっていた。これ以上無防備な姿はないというほど露わになっていたのだ。

「ひっ、ひいっ〜〜っ」

悲鳴はヘビィメタルのギター音にかき消された。

耕一は勃起しきった自らの逸物をひと思いに挿してきた。開きっぱなしの女芯は蜜まみれで、紗理奈の気持ちとは裏腹にあっけないほど簡単にそれを受け入れてしまったのだ。

「だ、だめっ、お義父さん、そんなのだめよ」

耕一は鬼のような真っ赤な顔に汗を浮かべ、息を荒くしながら覆いかぶさってきた。いくらもがいても彼の体の重みでびくともしない。

紗理奈は何度も押し返そうと試みたが、露に濡れた花弁は元気のあり余る肉柱であっけなく貫かれた。極太のバイブを挿入した後だったので、いくら拒否しても抵抗なくするりと受け入れてしまうのだった。

「いやあ、だめ。抜いて、抜いてよ」

「ふんっ、これだけ見せつけておいて、しらじらしいことを言うんじゃない。この露出狂が」

「ち、ちがうの……からかっただけなの」

「うるさい音楽を鳴らすのが合図だろ。淳也とやる時もいつもそうだよな。すぐわかるんだ、ああ、これからナニが始まるんだな、と。それがわかったから、外で見学させてもらってたよ。きょうだって、俺に見てもらいたくて呼んだんだろ」

耕一はしゃべりながらも紗理奈の脚を深く抱えこみ、力強く腰を動かし着実に送りこんだ。初老の男とは思えないほどのキレのある動きをしてみせた。

「あんただって本当はほしかったんだろ？　おもちゃじゃなくてモノホンが」

「……そうじゃない」

「飢えてるくせに。こんなにびしょびしょに濡らしてよく言うよ」

耕一が狂ったようにピストンすると、紗理奈の下半身からくちゃくちゃという水音が漏れてきた。

「ほら、聞こえるだろ、このいやらしい音が。だれが鳴らしてるんだ」

「やめてぇ……さっき、バイブで刺激したから……」

「こんなに濡れるとはな。アレがヤミツキになったんじゃないのか？」

「す、すごかった……」

紗理奈は消えそうな小さな声でつぶやいた。

「あの刺激はすごいからな。気絶する女もいるらしいぞ。それにしても、お股が鳴るぐらい濡れる女なんか初めてだ」

耕一はからかうように紗理奈の顔を覗きこみながら言った。その間も下半身の動きは少しも止まることがなかった。かぼそい二本の脛が、小太りな耕一の腰の横でピストン運動に合わせてぶらぶらと揺れた。

「はあっ……」

紗理奈は諦めたのか深く息をつくと、もう抵抗する術《すべ》もなくされるがままになった。顔をそむけ、死んだように動かなかった。

「ああ、なかなかいいじゃないか。うむ、けっこう締まるな。まだ子どもを産んでないから体が若い」

先ほどよりもピッチを落としゆるやかな動きになっていたが、今度は味わうようにじっくりと抜き挿しを繰り返した。

「おおっ、奥の方がじわじわ締めつけてくる。わざとやってるのか？　そんなに早く俺をイカせたいのかい？」

耕一は腰の動きをぴたりと止めたが、ペニスは根元までしっかり貫いたままになっていた。彼は手慰みに、こんもりと小高い乳房の山を鷲摑みにした。

「お前さんはなかなかいい器を持っているんだな。中の方がひくひくする感じがすごくいいよ。愛液も豊富だし。淳也にはもったいないくらいだ。あいつはいつも入れ放題なのか、うらやましいよ」

思いがけない感想に紗理奈は思わず薄目を開けてしまった。自分のアソコが他の女と比べてどの程度のものかなど、まるで関心がなかったからだ。しかし褒められるのは決して悪い気がしない。

「俺と相性がいいんだよ、きっと。サイズがぴったりだし、きつすぎもせずゆるくもない。あんたのアソコは案外伸縮自在なのかもしれん。あのデカいバイブが根元まで入っていったのには驚いたよ」

耕一は話しながら再びピストンを開始した。彼は年齢が年齢だけに、すぐにイクということはない。緩急をつけながらなら、いくらでも長持ちできるのだ。

「そろそろ体位を変えないとな、今度は何がいい？　やっぱりバックか？」

紗理奈の返事など最初から聞く耳はなかったのだろう。彼は挿したままの状態で器用に紗理奈の体を裏返した。

「はあ……この尻がたまらないよ。ほくろがいやらしくて、またいいんだ」

紗理奈は顔は枕に押しつけたまま、膝を立てヒップを差し出すポーズになった。人形のようにされるがままだ。剝き卵のように真っ白なヒップに、ぽつんと黒いほくろがとても目立っていた。

「うむ、バックだと締めつけがますますよくなるんだな。入り口がきゅっと巾着みたいに絞れてる……淳也がヤミツキになるはずだな。いい嫁を選んだものだよ。俺はそっちの方面では嫁に当たらなかった。ほとんど不感症に近い女だったから」

彼は湿った掌で尻たぶをゆっくり撫でながら、入れ心地を確かめるようにピストンを続けた。

「どうだ、お前さんも気持ちよくなってきただろ。まあ、バイブにはかなわないが。

しかし俺は……いくらじいさんでも一応生肉だからな、ははは」

　紗理奈はもう、どこがどうなっているのかわからなくなっていた。性具で遊びすぎたせいか、下半身が麻痺したように痺れたままなのだ。

　耕一に激しく擦られても快感なのかどうかわからなかった。ただ、今は耕一が終わってくれるのを待つだけだ。

「……お願いだから、もう堪忍してよ」

　紗理奈は振り返りながら、泣きそうな声で訴えてみた。耕一はヒップを抱えこんだまま冷ややかに見下ろした。

「俺はまだだ。あと三十分ぐらいこうしていられるぞ。あんたのアソコが居心地いいもんでね」

「いやぁ、お願いよ。もうおしまいにして」

「ふんっ……」

　彼は鼻で笑った後、紗理奈の女芯に手を伸ばした。そして手探りで肉芽を捉え、指の腹でくりくりと刺激してやった。

「ひっ、ひぃぃぃぃぃ……」

尻を高々と差し出したままの格好で、紗理奈はいなないた。

「やっぱりお前さんはクリがいちばん感じるんだな。おおっ、こっちもきたぞ。すごく締まってる」

「はううううう」

「ち、ちぎれそうだ、紗理奈……おっ、おおおおお」

雄叫びの後、いきなりすぽんと逸物が引き抜かれた。同時に耕一は紗理奈の背中にどさっと突っ伏したのだ。

紗理奈は腰のあたりに生あたたかいペニスを感じた。やたらにぬるぬるしているのは、耕一が種を撒き散らしたからだろうか。

「ひどいわ……」

「ああ、久々に気持ちよかったよ。中身の濃いセックスをしたって感じで満足だ」

彼は紗理奈を後ろからぎゅっと抱きしめながら耳元でつぶやき、首すじに軽くキスをした。だが紗理奈は体をすくめるようにして避けた。

「恥かしがらなくたっていいじゃないか。どれ、べとべとになったところ、拭いてやろうな」

棚からティッシュの箱を取ってきた耕一は、白濁液で汚れた紗理奈のヒップを丁寧に拭ってやった。その間、紗理奈は顔を枕に押し当てたまま石のように動かなかった。

「私、ジュンの奥さんなのに……お義父さんに無理やり犯されるなんて、ひどすぎる。あんまりよ」

紗理奈はしゃくりあげるようにして泣き始めた。耕一は驚いたように紗理奈の顔を覗きこんだ。

「俺があんたを犯したって？　よく言うよ。俺の前では平気で素っ裸になるし、おっぱいは触り放題、いくらでも吸わせてうっとりなってただろ。アソコも舐めてやったし、指だって入れただろ。お前さん、ひいひい声出して喜んでたじゃないか。何を今さら犯された、だ」

「裸は家族だから平気なの。馴れたら恥かしいとは感じなくなるし。胸を触らせたりアソコを舐めさせたのは、お義父さんへのサービスよ。だって私の体にすごく興味があるみたいだったし。覗き見させたのも同じだわ。見たかったんでしょ？　でも、セックスするのはぜんぜん別。それだけは、ジュンを裏切れない……なのに、無理やりするなんて……」

紗理奈は胎児のように体を小さく丸くしてさめざめと泣いた。

「お義父さんは風俗とかキャバクラで適当に遊んでいるんでしょ。結局私もそういう人たちと同じなのね」

「あー？　あいつらには金を払って相手してもらっているんだ。単なる処理だよ。あんたに金を払うなんていう失礼なことはしない」

「でもそれって、タダ乗り……」

「金を払った方がすっきりするならそうするよ。まったく面倒くさい女だなあ。一度やっただけなのに。さっきアソコに指入れたのが別のモノに変わっただけじゃないか。たいしたことじゃないよ。イク時はちゃんと外に出したし」

「でも私、ジュンに合わせる顔がない――」

そしてまたひとしきり声を出して泣くのだった。

「あいつだって、出張先で何やってるかわかったもんじゃないよ。おっぱいパブだけじゃなく」

「えっ、ほかにどこに行ってるの？」

紗理奈は涙に濡れた顔を上げ、耕一を見つめた。その目は血走って完全に冷静さを失っていた。

「あ、いや、知らないよ。詳しいこととか、ぜんぜん聞いてないし……」

耕一はあわてて否定し、服を着こむとさっさと部屋を後にした。

それから数日の間、紗理奈は耕一と口もきかず彼が用意した食事にも手をつけなかった。残業と称して帰宅は毎晩遅かったし、朝もなるべく顔を合わせないようにして出ていった。耕一はできるだけ普通に振る舞っていたのだが、紗理奈の態度が変わらないので諦めて放っておくことにした。

そして次の週末、紗理奈は淳也の出張先に出かけていった。会社が契約しているウイークリーマンションが淳也の住まいになっているのだが、朝いちばんの新幹線に乗ったので、部屋に着いた時、淳也はまだ寝ていた。

「いやあ、早かったねえ」

淳也はパジャマ姿で玄関に出てきた。実は予告なしで突然押しかけることも考えたのだが、万が一他の女と鉢合わせなどということがあったらショックで立ち直れないと思い、前日には連絡しておいたのだ。

「早いって、もうすぐお昼になるわよ。寝坊ね」

「ああ、昨夜も遅かったから」

「部屋、きれいに使ってるのね」

必要最小限の家具や電化製品しか置かれていないワンルームだが、ホテルよりは少しだけ生活の匂いがする。

「散らかす暇もないよ。ほとんど寝るだけの部屋だからね」

「ふうん、だれか片づけてくれる人がいるのかと思った」

紗理奈は部屋のあちこちに目をやりながら言った。

「何だよ、そんな女いるわけないだろ」

「あら、女とは言ってないわ」

「いちいち絡むんだな、面倒くさい」

紗理奈のことを面倒くさい女と言ったのは、耕一も同じだったと思い出した。

「ただの冗談よ」

「いや、サリー、実は妬《や》いてるんじゃないのか？　僕の世話を焼いてくれる架空の現地妻に。それを確かめるためにわざわざ来たんだな。白状しろよ」

しかし淳也は口調とは裏腹に目が笑っていた。椅子に腰かけると、紗理奈を抱き寄せ膝の上に座らせた。

「悪いことしてないか、見に来たのよ。だって私はジュンの奥さんだもの」

「いつもひとりで寝て、寂しかったんだろ。オナニーした？」

「……たまに」

「どうやってやるんだ？」

「それはもちろん、ジュンとやってるとこ思い出して……」

淳也は話しながら紗理奈のブラウスの前ボタンをひとつずつはずしていった。すぐに、固い殻に包まれた胸肉が現れた。カップから溢れ出しそうな乳を手摑みにし、細い指先で蕾を探し出した。

「あん……ジュン、まだ顔も洗ってないのよね」

「そうだよ、すぐまたベッドに戻れる。ね、行こうよ」

「だーめ、夜までおあずけだから」

「ケチだな。じゃ、吸わせて……」

返事を聞く前に、淳也は紗理奈の胸に顔を埋めていた。髭の伸びた顎や鼻の下がちくちくと柔らかい胸をくすぐる。

「あ、何かくすぐったーい」

淳也は無言で、無心に妻の胸にしゃぶりついていた。

父子《おやこ》でこの乳房を共有しているのだ。むろん淳也はそのことに気づいていないのだが。

「ああっ、気持ちよくなっちゃいそう」

二人の吸い方は似ているが、淳也の方が大きく深いところまで食らいつき、強く激しく吸引する。耕一は、乳頭だけ口に含む感じでより赤ん坊に近い。チュッチュッとしゃぶるように吸ったり、口の中で固くなった乳首をころころ転がして弄ぶ。もっともそれは淳也も好きでよくする動作だが。

「どう？　むらむらきちゃった？」

「うん、だって久しぶりだから」

紗理奈は彼の膝から下りた。このままではなし崩しでセックスにもつれこむような気がしたのだ。

「こっちもだよ。だからほら……」

パジャマのズボンがテントのように張っていた。彼の長いペニスがすっかり頭をもたげているにちがいない。

「あらまあ、元気いいわね」

「そりゃ、そうだよ。たまってるんだ。だからさ、とりあえず一回だけ……いいだろ？」

「話があるの。それでわざわざ来たのよ。とにかく話をしてから」

「えー、一発抜いてからでないと、まともに話も聞けないよー」

淳也はだだっ子のように頭を振った。

「それくらい我慢できないの？　夜になったらいくらでも……あっ」

彼は勢いよくズボンと下着をまとめて下ろしてしまった。そして紗理奈の腕を掴んで引っぱり、シンクの前に立たせた。

「どう、ここで立ったまますするっていうのは。興奮するよ」

「キッチンで？　いやだわ」

だが紗理奈は抵抗する間もなく後ろ向きでシンクに押しつけられ、スカートをまくり上げられパンティも剝がされてしまった。

「キッチンでファックするなんて、うちではなかなかできないからなあ。君代さんとか親父が出入りするからさ」

　ほとんど使われていない生活感の薄いキッチンだが、紗理奈は冷たいシンクの縁に腹部を押しつけられヒップを露わにされた。

「あん、こんなところでするなんて……あっ、あああ」

「このほくろのあるお尻が懐かしくてね」

　彼は尻たぶを撫でながら肉棒を割れ目に押しつけてきた。ヒップに目立つほくろがあることは、耕一も淳也も気に入っているようだ。紗理奈にとっては自分で見えるわけでもないただのほくろだが、男にはとてもいやらしく映るらしい。

「サリーのここは、いつも濡れてるよなあ。乾いてた例《ためし》がない。だから、ほら、すると……」

「あっ、はぁぁぁぁぁんっ」

　いきなりバックから侵入され、紗理奈は叫びながらかくっと頭を反らせた。腕を突っ張って背後からの振動に耐えたが、形のいいヒップは抜き挿しをねだるように高く差し出された。脚が長いので淳也の股間とも位置がぴったり合う。立ったままでも自然な姿勢で合体できるのだ。

「どう、後ろからされるの好きだよな。おまけにキッチンで立ったままなんて……」

「あは～～んっ」

「けっこう興奮するだろ」

淳也は、洋梨のようなボリュームのあるヒップを両手でしっかりと押さえつけてから、一気にピストンを開始した。目にも留まらないような速さで、筋肉質の尻がもりもりと躍動した。

「ああ――、頭がおかしくなりそう」

「どうだ、僕と結婚してよかったと思ってる？　セックスでは退屈させないよ」

「ほんとに……ああんっ、す、すごいっ、すごいっ……」

激しい振動でぶるぶると揺れる乳房を下からがっしり鷲摑みにしながらも、彼はピストンを止めることはなかった。実に力強く着実に、まるで恨みでも晴らすように打ちこみ続けていた。

「はんっ、はんっ、はぁぁぁぁんっ」

彼の動きに呼応するように、紗理奈は甲高く粘る声でよがった。ぴんと伸びた脚は強い振動に耐えるように踏ん張った。

「ああ、だんだんよくなってきた。バックからだとよく締まるんだよな」

「ううっ、だって、気持ちいいんだもの」

「今は、とりあえずの一回目だからすぐに終わらせてあげるよ。今夜はもっとたっぷり楽しもうな」

「はあっ、いい、いいっ……」

「サリー、イキそうなの？　それともうイッちゃってる？　僕もそろそろだよ」

淳也は差し出されたヒップを再度がっしりと押さえつけてから、一気にスピードアップした。あまりに激しい振動のため、そこいらにあったやかんやコーヒーカップなどが、がたがたと鳴ったほどだ。紗理奈が一際高くいないないた後、彼はすぐに果てた。

「えー、引っ越したいって、マジかよ」

二人は小さなテーブルに向かい合って座っていた。紗理奈が用意したパスタにサラダ、バゲットの簡単な昼食を摂っていた。部屋に来る前、近くのスーパーで材料を揃えて買ってきたのだ。

「私もう限界なの。お義父さんとはこれ以上いっしょに住めないわ」

「僕がいないと二人だけになるから、いろいろ気遣いとかもあるだろうけど。もうしばらくの我慢だよ」

「無理。一週間も耐えられそうもない」

「何かあった？　問題でも」

心配そうに覗きこむ淳也の質問に答えるため、紗理奈はいったんフォークを置いた。

しかし彼に洗いざらい話すわけにはいかない。まさか義父の前で平気で裸になるとか、ボディタッチはされ放題、無理やりとはいえ性行為までしてしまったことがバレたら一大事だ。夫婦関係だけでなく父子の関係にもヒビが入ってしまうだろう。

だが紗理奈は、何もなかったふりをして耕一と暮らすのは無理だと悟ったのだ。

「お義父さんの、私を見る目が……何ていうか……」

「スケベなんだろ。それは前から気づいていたよ」

「それだけじゃないの、たまに覗きとかも」

「ああ、それは悪かったね。しょうがない親父だなあ。気分悪いだろ。嫌な思いさせちゃったね。そもそもあの家にサリーみたいな若くてナイスバディで色っぽい女の人がいたことないんだよ。親父はサリーが自分の娘みたいに可愛くて仕方ないんだと思うよ。もう少しの間、我慢できないかな。僕がずっと家にいられるようになれば、親父もあからさまなことはできなくなるから」

淳也は驚きもせずやさしく諭すように言った。

確かに嫌われてはいないだろうが、自分の娘のように可愛いというのとはまったく違う。紗理奈は明らかに性の対象になっているのだから。それを淳也に説明していいものかどうか悩んでしまう。

「僕たち、遠からず子ども作るだろ。君も三十五までには産みたいって言ってたじゃないか。子どもが生まれたらあの家にいた方が何かと便利だと思うんだ。仕事、復帰しやすいだろ。保育園に預けるにしても送り迎えとか人手があった方がいいよね。親父だけでなく君代さんにだっていろいろ頼めるし……」

淳也は、このまま同居している方がいかにメリットが多いか、様々な例を挙げながら話した。途中から紗理奈は上の空になってしまったが、相槌《あいづち》だけは打っていた。要するに、別居するという願望はかないそうもない。

「今手がけてる現場の仕事が一段落したら、もうそんなに家を空けることはないからさ。ちょっとだけ我慢してよ。僕もなるべく週末は帰るようにするから」

「……わかったわ」

すっかり淳也に言いくるめられてしまった。本当のことを話してしまおうか、とも考えたがやはり勇気がなかった。実の父親と自分の妻が関係を持った事実は、相当なショックを与えるはずだから。

「今夜、試してみたいことがあるんだ」

淳也はすっかり冷めてしまったパスタの残りを食べながら、含み笑いを浮かべた。


「ジュン……私もう、これ以上はだめ。くたくただわ」

ベッドにばたっと倒れこんだ紗理奈は汗だくの肌がきらきら光っていた。

「えー、何言ってんの。記録に挑戦するんだから、寝るまでにあとまだ四回はこなさなくちゃ」

「べつにいいじゃない、挑戦なんかしなくたって。一晩に十回とか無理よ。回数こなしたって意味ないし」

「やるって決めたんだ」

淳也は起き上がってペットボトルの水をぐいっと飲んだ。

「ジュンはまだ二十代だからいいでしょうけど、私はもう三十過ぎのおばさん……」

「都合のいい時だけおばさんになるんだね。この体のどこがおばさんなんだよー」

淳也は紗理奈の上にのしかかり胸をまさぐった。先ほどからずっと乳首はピンと立ったままで、普段より濃いローズ色に染まっていた。

「サリー相手に記録を作りたいんだよ」

「今までだと何回？」

「八回かな。あんまり疲れてつい眠ったんだよ……でも朝になってからまた二回やっちゃったけどね」

「それって、いつ頃？　だれとしたの？」

「ん……忘れた」

「回数はしっかり覚えているのに、相手がだれか忘れたなんて、ずいぶん白々しいことと言えるのね。私じゃないことだけは確かだわ」

彼は時折胸にキスしたり、乳首をしゃぶったり指で弄んだりを繰り返していたが、紗理奈は冷静に言い放った。

「うーん、何ていうか、元カノだよ」

「ジュンがいくつの時？　相手の子は何歳？」

「あんまりよく覚えてない……」

「とぼけちゃって。白状しないならもうやらないっ」

紗理奈は淳也を胸から引き離そうとした。

「あー、だめだよ。サリーがここに来るなんてめったにないチャンスだし」

「だったら話して」

「だからあんまり覚えていないんだって。確か僕が二十二、三の時だよ」

「それって女子高生と関係してた頃？」

「それよか少し後。今の会社に勤めたばかりの頃でストレスたまってた」

「それでいろいろな女と寝たわけね。その相手はＯＬ？」

紗理奈はいつの間にか淳也を仰向けにして腹の上に乗っていた。手は半立ちになったペニスを弄んでいた。

「いや、飲み屋かどこかで知り合った年上の女だよ。名前も覚えてないけど、たぶん今のサリーぐらいの年かな。二、三ヶ月しか付き合ってない」

「そのくらい付き合いの浅い人と、記録的なことをしたってわけ？」

「よく知らない相手との方がいいこともあるんだよ。余計な話とかしないでセックスに集中できるから」

「へえ、そういうものなんだ」

「相手が、もっともっとって言うからそれに応えていただけで、記録を作ろうとか考えてたわけじゃない」

「でも、よかったんでしょ？」

「まあね、気持ちよくなかったらそんな回数できないし」

「すごい女の人ね。そんなに魅力的だったんだ」

「いや、ごく普通だよ。顔も雰囲気も地味だし、サリーみたいに美人でナイスバディなんてこともない」

「ふうん、アッチの相性が抜群だったのね。あ、コッチ、か……」

紗理奈は手の中の肉塊を見下ろして言った。話しているせいか、棒状になるほどは固くならないので掌で包んだり軽く揉んだりしていた。

「どうでもいいことだよ。これからサリーと最高記録に挑戦するんだから」

「でも、これじゃまだ……」

紗理奈は今夜何度目かのフェラを試そうと彼の下腹に顔を伏せた。

「その人は……しゃぶるのも巧かったのかしら……」

棹に変身しようとしているモノに舌を這わせながら、目を上げて彼の表情を窺った。

目を閉じてされるがままになっている彼の中心部はたちまち力をつけてきた。

「そんなこと、覚えてないよ……ああっ……」

「口の中にも、出したの？」

「出した、かもしれない。相手の方がベテランだったから」

「おもちゃにされたんだ。昔から年上が好きなのね。私も弄んであげる」

紗理奈は顔を上げると素早く彼の上に跨がった。しっかりと根元を握っているので、女穴にはするりと簡単に入った。

「あっ、あああ……入っちゃったわ。ねえ、ここ見て」

少しだけ腰を浮かすようにしてから、紗理奈は繋ぎ目の部分を指さした。

「お、すごくよく見える。全部入っちゃってるよ」

「ふふふ、こうすると、どうかしら」

股関節が柔らかい紗理奈は百八十度の開脚も可能だが、その要領で股を開いているので花弁が丸見えになっているのだ。

「とてつもなくいやらしいな。僕の奥さん、スケベすぎだって」

淳也はいきなり下からズンッと腰を突き上げた。すると紗理奈の上半身がぴくっと反応し胸が反った。

「あんっ、急に突き上げないで」

「いきなりされるのが好きなくせに」

淳也は下からずんずんとリズミカルに突き上げてきた。紗理奈は彼の動きに身をまかせ、腹の上でゆらゆらと上半身を揺らしていた。

「だめっ、私が好きにするんだから」

ハッと我に返ったように大きく目を開けた紗理奈は、自分からめちゃくちゃに腰を振った。重たげなふたつの乳房が動きに合わせてぶるぶる揺れた。

「ああ、そんなに動かしたら……すぐ、イッちゃいそうだ」

「回数こなすんでしょ、すぐ終わった方が早く次ができるわよ」

「すごいね、サリー。もうくたくたなんじゃなかったの？」

「回復したわ。ジュンもがんばらないと、まだ七回目よ」

「わかった。じゃあ、もう一度アソコ見せて」

紗理奈は前のめりになっていた上半身を後ろに反らせ、腰をわずかに浮かせて結合部をさらした。

「ああ、見えてる。すごいぬるぬるになってる。こんなに何回も続けてやっても、サリーのおつゆはいっぱい溢れるんだね」

「だから滑りがいいんじゃない。するする出たり入ったりするところがばっちり見えているでしょ」

繋がった部分を見せつけながらゆっくり尻を上下させた。すると淳也は苦しそうな顔をしてほどなくして事を終えた。

上に乗ったまま彼が果ててしまったので、紗理奈は胸に抱きつくようにして突っ伏した。フィニッシュの後もすぐには抜かずに収めた状態で抱き合った。

二人の荒い息が次第に治まっていくのを、ぴったりと肌を合わせながら感じていた。

「ねえ、このまま続けて八回目、できないかしら」

「えっ、休憩入れずに？」

「ジュンのアレってなかなか収縮しないから、できそうな気がするの。刺激してやればできるんじゃないかしら」

「わー、それはしんどい」

「だめっ、もうおしゃべりはやめて、アソコに神経を集中させてよ」

紗理奈は上に乗ったまま腰を動かし始めた。激しく動くと小さくなりかけているペニスが抜けてしまいそうなので、気を遣いながらゆっくりと上下させた。

それから上半身を少しだけ上げて、彼の胸に乳房の先端が触るようにすりすりと擦ってみたりした。

「あ、先っちょがくすぐったい……でも気持ちいい」

重量で下がっている乳肉を手で誘導して揉ませた。

「好きでしょ、私のおっぱい」

「ああ、好きすぎて食べちゃいたいぐらいだよ」

「年中食べてるくせに。さっきもいっぱい吸ったわ」

紗理奈は次第に腰の動きを大きくしていった。ボリュームのある上等の白桃を思わせるヒップがとてもスムーズに無駄のない動きをした。

「あ、サリー、すごいね……そんなやらしいことして、気持ちいい？」

「いいっ！　ジュン、アレがすっかり固くなったわよ。ああーん、たまんないっ」

腰を浮かせて根元を摑むと、紗理奈はずるっとペニスを引き抜いた。取り出したばかりのあたたかくぬめった幹を、クリトリスに擦りつけるのだった。

「ああ、そんなことして……もう、だめだっ」

「き、気持ちいい。アソコがむずむずしちゃう〜〜」

二人はほぼ同時に果てた。毎回異なる仕方でフィニッシュするのも想像力がいるものだ、と紗理奈は彼の胸に伏せながら思った。

第四章　二人夫は疲れるけど……

翌日の午後、紗理奈は家に戻ってきていた。月曜日からは仕事で忙しくなるので、少しでも体を休めるため、淳也との休日をゆっくり過ごす間もなく帰宅したのだ。

耕一は家にいて、紗理奈の顔を見るとすぐにコーヒーを淹れてくれた。機嫌をとるつもりなのかケーキまで買ってきてあった。

「そうか、離れていても夫婦仲がいいのは何よりだな」

「仲よくしすぎて……もうくたくた」

紗理奈の声にはいかにも倦怠感が漂っていた。

「しかしお前たちも若いな。一晩に十回とはね。たいしたもんだよ」

「離れているのが功を奏したかもね。たまにすると新鮮でしょ。実は、朝起きてからもう一回しちゃったの……」

紗理奈はモンブランを一口フォークに載せて口に運びながら、声を出さずに笑った。

「すごい体力だな。あいつ、ケダモノ並みだ」

「ケダモノに襲われるのって、悪くない」

「そんなに何度もイッて、出るものがあったのかな」

「終わりの方はだいぶ少なくなってたみたい。あと薄いっていうか……」

「あんたの体も大変だろ」

「疲れたけど、でも平気。ジュンはさすがに腰が重いって言ってた。そりゃまあ、あんなに動かせば……」

耕一はやれやれといった風に力なく笑った。

「あんた、おめでたが近いんじゃないのか?」

「それは大丈夫。仕事が忙しくてまだ妊娠するわけにはいかないんだから」

「避妊薬でも飲んでるのか?」

「お答えできません。夫婦のプライベートなことに首を突っこまないでくださいっ」

紗理奈はぴしゃりと返した。あまり機嫌のいいところを見せると、耕一はすぐまたいい気になるので注意しなければならない。

「はいはい、わかりました。夕飯はカレーだよ」

「あら、ちょうど食べたかったの。じゃあ私、部屋で少し休んでこようかな」

コーヒーを飲み干すと、紗理奈はさっと立ち上がった。

エアコンをほどよく利かせた部屋で紗理奈は布団を敷き、ひとりで横になっていた。きのうもきょうも新幹線に揺られ、おまけにゆうべは三時間しか寝ていないので体はかなり疲労していた。だが性的には十分すぎるほど満足していたし、何より夫と濃密な時間が過ごせたことで、ストレスや不満はだいぶ解消されていた。

夫に抱かれていなかったことが、イライラのいちばんの原因だったのだろう。記録に挑戦したいと言われた時は驚いたが、淳也のそんな子どもっぽい思いつきや突飛な行動は決して嫌いではない。

浮気の心配などまったくの取り越し苦労だったのだ。万が一、どこかの若い女と遊んでいたら、たまった性欲を妻にぶつけることなどあり得ないだろう。

ゆうべの淳也はまさに野獣だった。果てても果てても挑んでくるのだ。紗理奈はくたくたになりながらも、腰が抜けそうなほどの激しい抜き挿しを繰り返してくる彼を毎回受け入れたのだ。

紗理奈がうとうとしていると部屋のドアが開き、耕一が足音を忍ばせて入ってきた。

「だめよっ、きょうはマジでだめだからね」

その声には、絶対に寄せつけないという意志の強さがみなぎっていた。

「わかってる。わかってるって……何もしないから」

「だったら何しに来たの？」

「あの、見るだけでいいんだよ。きょうはお前さんも疲れているだろうから、エッチはなしだ」

「何を見たいわけ？」

「ん、体。十回もやったって聞いて、何か変化があったかなって」

「そりゃあ、もうボロボロよ。おっぱいなんか吸い尽くされて、乳首のまわりが腫れちゃった」

「ええっ、大変だ。見せてごらん」

紗理奈は横になったまま着ていたTシャツの裾をまくり上げた。寝る前にブラははずしたので、すぐに乳房が顔を出した。

「こりゃあ、ひどいな……」

「ジュンに何度も何度も吸われたせいよ」

もともと紗理奈の乳輪は小さくごく薄いピンク色だが、ふたつとも濃いめのローズ色に変わって、しかも腫れていた。そして乳頭は刺激を受ける前だというのにすでにピンと立っていたのだ。

「あいつ、よほどしつこくしゃぶったんだな」

「いくら言っても興奮してくると強く吸うのよ。もう伸びきって中年女のおっぱいみたいになっちゃったかも」

「いやあ、まだこんな張りがあるし……」

耕一はおそるおそる乳房に手を伸ばして触った。耕一の掌には収まりきれないほどのボリュームだ。

「しかもあいつ、キスマークをしっかり残してるぞ、ほら」

重量のある乳肉を手で持ち上げてやると、乳房の下には痣《あざ》のようなくっきりとした紫色の痕跡が現れた。

「ええっ、いやだ。そんなものつけちゃって」

紗理奈は顔を歪めたが、耕一に触られていることは気に留めていなかった。

「一週間もすれば自然に消えるから」

　彼は指で痣を擦っていたが、何気なく胸を揉み始めていた。

「あん……いたずらしたら、だめよっ」

「はいはい。じゃあ、下の方も見せてくれるかな。アソコはどんな風になってるか、ちょっと見てみたいんだよ。少し下ろしてくれたら……」

　耕一はショートパンツに手をかけずに、指をさしながら言った。

「実はアソコもヤリすぎてぼろぼろなの。ヒリヒリっていうか、ずきずきするように痛みもあるし、一体どうなっているのか自分でもよくわからないのよ」

「おおっ、それはちゃんと見てみないとな」

　すると紗理奈は自分からショートパンツと下着のパンティをまとめて下ろした。膝まで下げたところで止めていると、耕一が続けて足首から抜いてしまった。

「初めての時みたいにアソコが痛むのか？」

「まさか。それとは違うけど……」

「ほら、サリーちゃん、そのきれいなあんよを広げてごらんよ。でないと中がよく見えないから」

紗理奈はとても素直に彼の言うなりに、脚をMの字に開げてみせた。

「ああ、これは痛そうだ……」

耕一は股ぐらを覗きこみながら言った。

「どうなってるの？　切れちゃってる？」

「うむ、入り口のところどころ、擦り剝けたように赤くなってる。だからヒリヒリするんだろ。こりゃ、痛そうだな」

「何でかしら」

「そりゃあ、ヤリすぎだよ。大きくて固いモノをこの柔らかいところに突っこんで、何百回っていうくらい出し入れしたんだからな。擦り切れても仕方ないよ。しかもあいつ、ケダモノみたいにがっついてたんだろ？」

「そうなの。すごかった」

「まあ、しばらくすれば治るだろうけど」

「薬とか塗った方がいいのかしら」

「いやあ、どうかな……もうちょっとよく見たいから、四つん這いになってくれ」

「ええっ、これでよく見えるでしょ」

「角度が違うと見え方も変わるだろ。べつのとこが傷ついているかもしれないし」

紗理奈は渋々納得して言う通りにした。布団の上で四つん這いになり、耕一に腰を向けたのだ。

「ああ、よく見える。やっぱり赤剝けが、痛そうだな」

彼はその箇所を指で触りながらぺろりと舌ですくうように舐めた。

「あんっ、やだ……」

ほくろのある尻がぴくっと震えた。

「傷が染みるかどうか試したんだよ」

「やっぱり、ちょっと染みた」

「ほら、動物なんかは舐めて傷を治すだろ……だからさ、唾には殺菌効果があるし……」

紗理奈を後ろ向きにさせたまま、耕一は手早くズボンを下ろし逸物を取り出していた。

「あっ、いやぁぁぁぁぁんっ」

痛々しくも傷つけられた女肉にまたもや肉柱が打ちこまれたのだ。

紗理奈は腰を振って嫌がったが、がっしりと押さえつけられているし、すでに深いところまで貫かれていた。

「あれ、何か……入っちゃったよ」

「いやいや、ひどい。傷口を見るなんて言っておいて」

「見てたら急にむらむらとね。まあ、いいじゃないか、一回ぐらい増えたって」

「だめよー、私はジュンの奥さんなんだから、お義父さんとしたらいけないの。アソコを見せるのとは訳が違うのよ」

紗理奈は後ろを振り向きながら言ったが、耕一はゆっくりとだが着実に逸物を送りこんでいた。

「お前さんのモラルがどうだとか、俺には関心ないね。ただ、見てたらやりたくなった、それだけだよ」

「い、痛い……早く終わらせてよ」

「女のアソコは案外鈍感なんだよ。でなけりゃ、ガキなんかひねり出せるもんじゃない」

耕一の逸物は淳也と比較するとごく並のサイズなのだが、やはりピストンされるとヒリヒリした痛みは感じた。

「中はちゃんと湿ってるぞ。あんたも見られて感じてたんだろ」

打ちこみを続けながら彼は下から手を伸ばし、まるで乳搾りのような手つきで乳房をぎゅうっと揉んだ。

「中がぬめってるのは愛液じゃなくて、ジュンが出したジュースのせいよ」

「えっ、洗ってないのか?」

「シャワーは使ったけど、中にまだだいぶ残ってると思う。トイレに行った時に少し出てきたけど、ジュンが出したのはあんなものじゃない。何しろ十回分だもの……」

紗理奈は勝ち誇ったように言った。年寄りには到底真似できないだろう、というような響きだった。

「じゃあ、俺が出したら中で混ざっていっしょになるんだな。父親と息子と、同じ日にやるなんて、そんな嫁はめったにいないぞ」

「あーんっ、ああ──」

快感よりも苦痛の方が勝っていた。出し入れするたびにアソコが引き攣《つ》れるような痛みを感じる。だが耕一を早くイカせるため興奮させようとして、わざと紗理奈は大げさなよがり声をあげていた。

「ほらほら、何だかんだ言ってもすぐ気持ちよくなるんだから、この淫乱な嫁は」

「ひっ、ひぃぃぃぃぃ」

「どうだ、うれしいだろ。何度も何度もやったくせに、まだほしいか」

「アソコが擦り切れて出血しそうよ。このままだと破けちゃう」

「血を流してもヤリ続けるんだよ」

耕一のピストンが一段と激しさを増した。まるで恨みでも晴らすようにズンッズンッと力強く打ちこんでいった。

「お願いだから……もう、堪忍して」

「うむ、やっとその言葉が出たな」

満足したように笑った後、耕一は一気にフィニッシュに向かうのだった。

引っ越しの件を淳也にあっさり却下されてしまったので、耕一との二人暮らしはもう馴れるしかないと覚悟を決めた。

全裸を見られようが、どんなに触られ舐められようが、絶対に最後までいかないという決め事は、紗理奈のひとりよがりに終わってしまった。

結局は耕一も紗理奈を性的な対象として見ていたわけだ。嫁を、タダで抱ける便利な女として、息子と共有することに抵抗はないようだ。

紗理奈にとっても、性的関係を持って以来耕一の存在が義父というよりも、年の離れた夫のような感覚になっていったのは、むしろ自然なことかもしれないと思い始めた。

年齢的なこともあって、耕一は常に紗理奈を求めてくるわけではないし、紗理奈も必ずしも要求を受け入れているわけではない。性交に関してだけは、淳也に対して罪悪感があるからだ。

耕一が紗理奈の寝床に忍びこんでくることはたまにあったが、たいていは見せたり乳繰り合ったりで結合まではいかない。二人暮らしなので気まずくならないように、どこかしら気遣っているようにも見えた。

本来耕一は、紗理奈を愛人のようにヤリたい放題弄びたいのかもしれない。だが紗理奈が嫌がったり拒否することは無理強いしないようにしていた。紗理奈の方も、寂しさを紛らす程度には耕一を受け入れたい、という自分勝手な思いもあった。

その点での妥協案として、ボディタッチとオーラルセックスが二人の間の主なメニューになっていった。それでも勢い余って、耕一が思わずハメてしまうこともあるのだが。

夫婦の記録を達成してから数日後、紗理奈の体もすっかり癒えた頃、淳也から急に帰宅するという連絡が届いた。本社での用事があり一日だけ戻るというのだ。

紗理奈はうれしくて、朝からてきぱきと自分の仕事を片づけ、できるだけ早く帰宅できるように昼休みも十五分ですませてしまった。もともとフレックスタイム制なので、四時半には仕事を切り上げて退社した。

淳也はまだ新幹線に乗っている時間だろうが、早く帰宅して彼を待ちたいと思った。耕一は何かの集まりがあって夜まで留守なので、夫婦だけでゆっくり過ごせる。

紗理奈は浮き立つ気持ちで帰りの足取りが軽かった。いっしょにいる時には気づかなかったが、離れていると夫が恋しいとしばしば感じる。そんな時、やはり彼のことを愛しているのだなあと実感するのだった。

玄関を開けるとすでに淳也の靴があった。

「ジュン、帰ってるのー？」

声を出しながら上がった時、隅に女もののローヒールの靴が揃えて置かれているのに気づいた。

「あら、きょうは君代さん、来る日なんだ」

紗理奈は独り言のようにつぶやいた。君代が家事の手伝いに来る日はだいたい決まっているが、詳しいスケジュールは耕一がすべて把握しているのだ。

君代が夕飯を用意していたら都合がいいのだが、と思って姿を探したがキッチンにはいなかった。家の中はしんとしているので、部屋の掃除でもなさそうだ。

紗理奈はおそるおそる二階の耕一の部屋に近づいてみたが、そこはドアが開けたままで中にはだれもいなかった。

夫婦の寝室がある奥の部屋の前で、紗理奈の足はぴたりと止まった。君代と淳也の話し声が聞こえてきたのだ。

「旦那さまから聞きましたよ。一晩に十回ですって？　夫婦仲のおよろしいことで」

「べつに……自分の実力を試してみたかっただけだよ」

「そんなに愛されて紗理奈さん、幸せですね」

「君代さんとだって、そのくらいできたよ。むしろもっと回数いけたかもしれない」

「ええっ、私はとても。若い時ならともかく、もうそんな体力ありませんもの」

「体力使うのは男の方だよ。君代さんとだったら、もっと楽にできたような気がする。何ていうか、ふんわり包まれるような感じで……甘えられるし」

「ジュンちゃんはほんとに昔から甘えっ子ですものね」

紗理奈は二人の会話に気味の悪さを感じながらも、何とかして様子を見てみたいと思った。膝枕でもして甘えているのだろうか。淳也の母親は昔から病気がちだったようで、存分には甘えられなかったのかもしれない。お手伝いの君代は、淳也が小学生の頃から来ていたのである意味では母親代わりなのだろう。

二人に気づかれずに覗いてみるには……やはり耕一がしたように裏庭に回るのがいちばんだろう。カーテンは、紗理奈がいつも隙間を作っているので中の様子は見えるはずだ。

急いで玄関に戻り、サンダルをはいて裏庭に出た。足音を忍ばせて窓に近づき、顔を近づけてみると……想像通り、というかそれ以上の光景が広がっていた。

淳也と君代はすでに全裸だった。布団の上に座った君代に膝枕されているのだが、君代が少し前かがみになっているので、大きな乳房が彼の顔に押しつけられていた。

そのずっしりとした胸肉の塊に彼はしゃぶりついていたのだ。

淳也はおしゃべりしながらも、時折ちゅるちゅると音をたてて吸い上げた。しかし仰向けになった股間はわずかに変化があるくらいで、完全には勃起《ぼっき》していなかった。

あまりにも安らいでいて興奮するのも忘れているように見えた。君代は胸を吸われながら、淳也の頭や髪をやさしく撫でている。

「紗理奈さん、ナイスバディでしょ。うらやましいです……」

「ああ、申し分ないぐらいだよ。でも何か、きれいすぎちゃって、あんまりいやらしくないんだよね。そそる体っていうのとはちょっと違う」

「あらまあ、それじゃ、五十のおばちゃんの体の方が興奮するの？」

「こんなにいやらしくて僕好みの体はないね」

「デブ専、ていうの？」

「ちがうよ、デブじゃない。ふくよかなのが好きなだけ。おっぱいもお尻も大きい方がいい。しかも若い子じゃなくて、適度に熟れた感じで」

「おっぱいパブには巨乳のおばちゃん、います？」

「いや、それはさすがに……いないけど」

「ジュンちゃんの好みが変わっているんですよ」

「いいんだ」

淳也は再度胸にしゃぶりついた。先端を口に含むだけでなく、もっと大きく口を開けて柔肉にかぶりつくのだった。顎が小刻みに動いている様子がよく見えた。

先日、二人で十回挑戦した時も彼はこんな風にしゃぶりついたが、おかげで紗理奈の乳房は腫れてしまった。吸われている時も痛いのであまり歓迎しない行為だが、君代は満足げに彼を見下ろしうっとりしながら髪を撫でているのだ。

「本当にもう、こうしていると赤ちゃんみたいね。昔から変わらないんだから」

「そうだよ、こうしている時は赤ん坊に戻るんだ。おふくろは寝こんでることが多かったから、どこか遠慮してた」

窓が少し開いているせいで会話も丸聞こえなのだ。紗理奈の耳と目は二人から離れられなかった。この二人の関係を耕一は知っているのだろうか。知らなければ大事《おおごと》だし、知っていながら親子で君代を共有しているとしたら、さらにあきれた事態だ。

「さあ、私はそろそろ夕飯の準備を始めないと……旦那さまか紗理奈さんが帰ってくるかもしれないし」

「いいよ、まだ。そんなに早くは帰らないから」

「でももうおっぱいは、このくらいにして……」

君代は淳也から胸を引き離した。彼は名残惜しそうになかなか乳首を放したがらなかった。

「あー、もっとほしいのに」

「きりがないです」

やはり乳輪のまわりは赤く色が変わっていた。つきたての餅のような柔らかく真っ白な肌に吸い痕がくっきりと残っていたのだ。

「こっちはどうします？」

彼の股間を指さしながら、今夜のおかずのリクエストを訊くように尋ねた。

「ん、やっぱり出したいよ」

「時間もないので、手ですませますね。軽くしておかないとジュンちゃん、今夜はまた紗理奈さんと、でしょ？」

「そんなこと気にしなくていいよ。ねえ、口でやって」

「はいはい」

君代は素直に従う、というよりむしろ喜んで彼の股間に顔を埋めた。普段はきちっとまとめている髪をほどいて垂らしていた。

こんなに髪が長かったのかと驚くのと同時に、とても女っぽく変身していることに紗理奈は気づいた。もう五十歳は過ぎているはずだが、ひどく艶っぽいのだ。そして肉と脂肪のおかげで皺がほとんどなく、白い肌は陶器のようにつやつやと輝いていて紗理奈でもうらやましいほどだ。

淳也のペニスを咥えることなど日常茶飯事とでもいうように、何の抵抗もなくするりと飲みこんでしまった。口の中で大きくするつもりだろう。しばらくは顎を動かしていたが、やがてしっかりとしたスティックにして取り出した。そして長くそびえる肉柱を満足そうに見つめ、幹をしっかりと舐め上げるのだった。

「ああ、君代さんのフェラ、最高だな……」

君代は褒められてにこりと微笑んだが、しゃぶりついたまま放しはしない。

仰向けになった彼は目を閉じてされるままになっていたが、空いている手は乳をまさぐっていた。

「ううっ、こんなに巧いとすぐイッちゃいそうだ」

「……このまま出しちゃってもいいんですよ」

「ん、きょうは口の中でイク気分じゃないから」

どうやら淳也は、君代とはあらゆることを試している様子だ。口ぶりや態度からみて、かなり以前から関係があるのだろう。

紗理奈は息をつめて二人を見つめていた。耕一が同じ場所で同じことをしていた時の気持ちがよくわかる。覗きというのは実に興奮するものだ。

「ああ、だめだ。やっぱり入れたくなっちゃった」

「あらまあ……」

淳也は君代の裸体をいきなり押し倒した。馴れた様子であっという間に合体してしまい、彼は最初からフルスピードで抜き挿しした。

紗理奈はこうして淳也の性行為を目の当たりにするのはもちろん初めてだ。いつも自分が相手なので客観的に見ることはかなわない。彼の躍動を感じることはあっても、残念ながらその逞しい腰の動きは見られなかったのだ。

「す、すごい……」

思わず小さくつぶやいた。きゅっと引き締まったヒップの、キレのある動きにほれぼれしそうになった。いつも紗理奈にも同じことをしているのかもしれないが、今現在は君代に嫉妬《しっと》しそうだ。

　君代はどっしりとした太腿を淳也の腰に絡ませ躍動を肌で感じている様子だった。

「ああ、ジュンちゃぁぁぁん……」

「気持ちいいか？」

「いいっ、もう最高よ」

「親父とも、いろんないやらしいことしたんだろ？　なあ、そうだろ」

　淳也は繋がったまままいきなり君代の腕を摑んで上体を起き上がらせ、今度は座位のポーズをとった。君代の体はふくよかだが意外なほどしなやかで、後ろに大きくのけ反った。黒々と長い髪がばさっと背中に流れた。

「あうっ……そんなことしてないです」

「嘘つけ。変態っぽいこともしたんだろ」

「まあ、たまには試してみることも……あんっ、ああ……」

　淳也に下から突き上げられるたびに、君代はいちいち大げさに反応してみせた。

「どんなことしたのか言ってみろよ」

「……秘密です」

するると彼は、重量のある君代の体を下からずんずんと何度も突いてきた。そのたびにずっしりと重みのある乳がぷるぷると振動した。紗理奈のような釣鐘形ではないが、かなりのボリュームだ。

「言えよ。どんな変態ぽいこともしたんだよ」

「確かにノーマルじゃないことも試しました。いろいろと……ああ、うううううっ」

淳也は苛立った様子で、乳房を下からねじ上げるようにして摑んだ。

君代の年齢を考えれば、豊満すぎるバストが重量で下がってくるのは仕方のないことだ。それより艶とハリのある肌はどこまでも白く、シミもほとんどないことに紗理奈は驚いていた。

君代のこの肉づきと肌の美しさ、そして艶っぽさに、耕一と淳也はすっかり魅了されているにちがいない。

「ねえ、何やったんだよ。変態プレイって何？」

淳也は目の前で揺れる乳房がたまらない、といったように再びしゃぶりついた。吸いついている間は、突き上げはおやすみだ。

「ラブホテルに行った時は、何でもありなんです。バスルームでいろんなことをやってみましたよ。旦那さまが私にお小水をかけろって……」

「ええっ、親父が君代さんに小便をしてみせろって言ったのか？」

淳也は驚いたように顔を上げて訊いた。

「はい、お湯の入ってないバスタブの中で。仰向けになった旦那さまの体の上に私が跨がって……するんです」

「シャーッとやるのか」

「はい。お小水出しているところを見られるなんて、死ぬほど恥かしかったんですけどね。どうしてもとおっしゃるので一度だけ」

「へえー、親父にそういう趣味があるとはね」

「好奇心が旺盛な方なんですよ」

「で、興奮した？　二人とも」

「はい。終わった後、ろくにシャワーも浴びないうちに早々にその場で合体です」

「燃えただろうなあ」

「ええ、まあ。めったにないことですから」

「それ、いつ頃の話？」

「三年ぐらい前かしら」

「すごいな、親父は六十過ぎてもまだ新しいことやりたいんだ」

「ええ、それはもう、とってもお強いんです。私以外にも体の関係がある女性がいらっしゃるはずですよ」

それが自分なのかと紗理奈は思ったが、二人の痴態からは目を離さなかった。

「ほかには？　親父はいろんな要求してくるんだろ。君代さんは小便をかけられたことはないの？」

「かけられたことはないけど、旦那さまがするところを見ていてくれって頼まれたことはありますね」

「へえ、見てくれって、トイレで？」

「ええ。おしっこの間、アレを持っていてくれって頼まれたこともありましたっけ。あの、蛇口の部分を」

「ほんとー？」

谷間に顔を埋めながらも、淳也の声が裏返っているのがわかった。

「手にお小水がかからないように持っているのが、ちょっと苦労だったんですけど」

君代は平然と答えているが、その姿を想像すると可笑《おか》しくて仕方なかった。確かにノーマルではない。

「親父も変なこと頼むんだな。君代さんには何でも言えるんだ」

「でもそれは、ジュンちゃんも同じでしょ？」

「ああ、そうだよ。僕と君代さんも長いもんなあ」

その一言で紗理奈は露骨に顔をしかめた。

「ねえ、君代さん。僕にもおしっこしてるとこ、見せてよー」

「だめです、そんなこと」

「ああ、想像しただけで興奮してぞくぞくしてくるんだけど」

「奥様に頼んでみたら？」

「えっ、サリーにおしっこしてるとこ見せてくれって頼むの？　そんなこと死んでも口にできない」

「あら、仲のいいご夫婦なのに」

「やだよ、僕は軽蔑されたくない。君代さんは僕が何を言っても、何をしても馬鹿にしないだろ」

「ええ、もちろんです」

「だから好きなんだ」

するとと淳也は何の前触れもなく、いきなりずんっと突き上げた。君代は「ひいっ」と短く鳴いて体を震わせた。

淳也は君代の臼のような大きな尻を抱えたまま、がっくりとあっけなく果てた。そしてまたその胸に顔を埋めるのだった。

紗理奈はその場を離れながら、耕一も淳也もなぜ君代に惹かれているのか、少し理解できたような気がした。しかし紗理奈は君代にはなれないし、なりたくもないと堅く思うのだった。

その晩、紗理奈は具合が悪いからと言い訳して淳也の同衾を拒んだ。

あんなに君代に甘えているところを見てしまったので、義務感で抱いてもらってもうれしくない。それに紗理奈は、何も知らないという芝居はできない。

君代は紗理奈に気を遣って、淳也が精力を使いきらないように軽めにすませようとしたのに、彼はずいぶん長いこと君代と合体し楽しそうにおしゃべりしていた。それが紗理奈には癪《しゃく》に障《さわ》った。

紗理奈がどんなに努力しても、君代と淳也の関係にはかなわない。それは過ぎ去った歳月が取り戻せないのと同じだ。

二人の話を立ち聞きして初めて知ったのだが、淳也の初体験の相手は君代なのだ。中学二年になって、母親からおっぱいを拒否された淳也はお手伝いの君代に乳房を見せてほしいと頼んだのだ。

熱心にせがまれた君代は根負けして胸を見せてやったが、次第に淳也の要求はエスカレートしていった。

「初めて君代さんの胸に顔を埋めた時は幸せだったよ。おふくろの貧弱なのしか知らなかったからさ。ぜんぜん違うんだもん。この世にこんなに大きくてきれいで柔らかいおっぱいがあるのかって……思わず吸いついちゃった」

「最初は見るだけっていう約束だったのにね」

「あれを見たら吸い寄せられるよ。感動ものだよ、あのおっぱい」

「私も今よりは若かったですからねえ。三十代半ばかしら。子持ちのおばちゃんでしたけどね」

「そんな。きれいだったよ」

二人が懐かしんでいる姿を、紗理奈は嫉妬の入り交じった想いで聞いていた。時に耳をふさぎたくなったが、それでもすべて聞かずにいられなかった。

淳也は、好きになった女の子と初体験する準備として君代に教えを乞うたのだ。胸だけでなく性器も見せてもらって、どこにどうやってペニスを挿入するのかレクチャーされたようだ。

教えるだけのはずが結局は最後までいってしまった。中学二年になったばかりの淳也は、君代を相手に初めて性交したのだ。何もかもリードされ「気が遠くなるほど気持ちがよかった」と言っていた。

「でも実際に女の子を相手にしたら、ぜんぜん違ってさ。君代さんとした時みたいにうまくいかなかったよ。痛がって泣き出すし……そもそも、きつくて入らないんだ」

「そりゃあ、三十代半ばの子持ちと中学生の女子では違って当たり前です。だから教えたじゃないですか。前戯をきちんとしなさいって」

「そんな。待ってなんかいられないよ。こっちはヤリたい盛りの中学生男子なんだから」

「しょうがないわねえ」

君代は諭すように言いながら、ゆっくりとだが大きく腰を回すように動かしていた。ずっとおしゃべりしていると、淳也のペニスが小さくなってしまうので、適度に刺激を与えている様子なのだ。脂ののった白い大きなヒップがくねくねと旋回していた。

「ねえ、今度ラブホに行こうよ。風呂もあるしさ、もっといろんなことができるだろ。うちでできないことしよう」

「何を企んでいるんです？」

「ん、変態ぽいことしたい。さっき親父としたこと聞いて、むらむらしちゃったよ」

「だめです。あんなことはもう……紗理奈さんとすればいいわ」

「えー、君代さんとしたいー」

淳也は子どもに返ったような口調になっていた。

変態ぽいことがしたい、というのは以前から時々淳也が口にしていたが、てっきり冗談だと受け止めていた。ちゃんと回数をこなしているので、ノーマルなセックスで十分と思っていたが、彼は別の刺激を求めていたのだろうか。

淳也は、紗理奈に軽蔑されたくない、と言ったが妻には頼みにくいことがあるのだろうか。確かに、淳也から目の前で小便してくれと頼まれても到底承知できないし、馬鹿にしてしまうかもしれない。それをやってのける君代はたいした女性だと感心した。

紗理奈はひとりで眠りながら、いろいろなことを思い出しながら悶々としていた。そしてなぜか耕一に甘えてみたくなった。

「お義父さん、前に言ってたわよね。絵画教室でモデルになってくれる人を探しているって」

ある日の朝食の最中に、紗理奈はカップに注いだばかりの紅茶を耕一に差し出しながら言った。

「モデルは常に探しているんだ。どうだね、やってみる気になったかい?」

「三十過ぎてるけど、いいのかしら」

「もちろんだよ。あんたは体も肌も二十代と比べてちっとも劣っちゃいないんだから」

「そんなことはないけど……」

紗理奈はダージリンの香りを深く吸いこんでから、唇の端で笑った。

耕一は地元の絵画教室の古株メンバーだ。主にデッサンを描いているが、モデルになってくれる女性を募集しているらしい。紗理奈はやってみないかと言われたことがあったが、その時は恥かしいからと断ったのだ。

「完全なヌードにならなくてもいいんでしょ？」

「ああ。薄物を羽織るぐらいはＯＫなんだ」

「それならそんなに恥かしくないかな」

「あんたの体ならぜひオールヌードでポーズをとってほしいよ。たいしたバイト料は払えないから、素人モデルばっかりなんだけど。あんたみたいにスタイルのいい子はなかなかいないからね」

「おだてても何も出ませんけど」

「本当のことさ。描く方も、美人でスタイルのいい子の方がいいに決まってる。ペンに力がこもるというか、やる気が出るよね」

「ジュンには内緒にしておいてね？　知られたら、いろいろ訊かれそうで」

「わざわざ話す必要はないな。自分の女房がモデルになって、大勢からじろじろ見られるのはあまり愉快じゃないだろうし」

紗理奈は夫に隠し事をしたかった。淳也と君代の痴態を覗き見してから、彼に対して以前より距離を置くようになってしまった。今はほとんど単身赴任の状態なので物理的に離れているが、精神的にも隔たりを感じていた。

「じゃあ、さっそく次の日曜日にでも入ってもらうかな」

「え、ずいぶん急なのね」

「一回に三人必要なんだよ」

耕一はモデル集めの役割も担当しているようで、飲み屋やキャバクラなどで知り合った若い女性に片っ端から声をかけているらしい。

「しかしそういうところの女の子は意外に体が荒れててな。若いし抵抗なくヌードになるけど、どうにもこう……」

「肌がきれいじゃないの？」

「うーん、生活がすさんだ感じが滲み出てるんだよ。できたらもっとぴちぴち清らかな子とか、優しさの溢れたふくよかな女性とかが……」

「贅沢ね。たいしたモデル料も出ないのにそれは無理でしょ」

「だからあんたが来てくれたら、みんな大喜びさ。久々の大ヒットで熱が入るよ。何しろプロのモデル並みの容姿だから」

「人妻でもいいのかしら」

「そんなことは黙っていればわからん」

「まさかうちの嫁です、とは言わないでしょ」

「ほんとは言いたいよ。言ったらみんなに嫉妬されるだけだけど」

耕一と紗理奈は顔を見合わせて笑った。紗理奈は単なる好奇心で引き受けたのだが、この秘密の計画は淳也に対する当てつけという意味でも大いにやる気になっていた。

自分の妻が大勢の男の前で裸同然になってポーズをとり、好奇の目にさらされる……それを知ったらどう感じるだろうか。自分のことは棚に上げて、淳也が案外嫉妬深いことを紗理奈は知っていた。

「じゃあ、ちょっとチェックさせてもらおうかね」

絵画教室の前日、耕一はひとりでくつろいでいた紗理奈の部屋にやってきて言った。

「何をチェックするの？」

「体だよ。モデルになるんだからさ」

「私の体なんて、隅々まで知り尽くしてるじゃないの」

「いや、ここんとこ見てないし。淳也がつけた痕とか残っていないかな、と。あんたが気づかないところに痕でもついていたら恥かしいだろ」

「そんなものないわ。この前、ジュンが帰ってきた時も何もしてないし」

「ええっ、まさか……」

「体調が悪かったから」

「そうか。でもまあ、一応見ておきたいと思っているんだが」

耕一がぐずぐず言っている間に、紗理奈はさっさとルームウェアのワンピースを脱ぎ捨てた。

「はずして……」

紗理奈が背中を向けると、耕一は馴れた手つきでブラのホックをはずし紙クズでも捨てるように剝ぎ取った。先端がツンと上向きに突き出た、理想的な釣鐘形のふたつの乳房が顔を出した。

「うむ、相変わらずきれいだ……乳首のまわりも腫れてないし」

「あの時だったらヤバかったわ。吸われすぎて乳首は赤く腫れてるし、キスマークだらけだったもの」

紗理奈は自慢のバストを突き出すようにして見せた。

「うむ、あの体はやりまくったのがバレバレだったな。どれ、見えない場所に痕がついてないかチェックしてやる」

「どこ探してもないわよ」

耕一は顔を近づけて、両手で乳房を摩るようにしながら脇や谷間までじっくりと調べた。

「ボリュームあるおっぱいだから、裏の方もしっかり調べないと」

「私の胸なんか、君代さんの巨乳に比べたらたいしたことない」

「あ、ああ……あの人は太ってるからね。ただそれだけだよ」

「でも男の人は、ああいうふくよかな体に包まれたいと思うんじゃないの？　胸に顔を埋めてみたいとか」

「さあね……どうだろう」

耕一は曖昧にはぐらかしながら、点検と称して乳首をぺろりと舌ですくった。紗理奈が思わず体を震わせると、待っていましたと言わんばかりに吸いついてきた。

「ああんっ、明日モデルなんだから、だめよ。そんなことしたら乳首が大きくなっちゃう。腫れたりしたら大変よ」

「大丈夫、俺は淳也みたいにがっついてないからね。大事な体なんだから丁寧に扱うよ。明日まではきれいにしておかないと」

耕一は吸うのはやめて白っぽい舌を突き出し、じっくりと舐め始めた。乳輪も舌先を小さく使ってちろちろと這わせるのだった。

「あん……くすぐったい」

だが紗理奈は自分から大きく胸を反らせて耕一のごま塩頭を抱いた。毎回のことだが彼の舌使いには本当に感心させられる。

「どれ、下の方も見てみないとな」

彼はパンティをずり下ろそうとした。

「そっちもチェックする必要があるの？　モデルでもまさか下は見せないでしょ？」

「ああ、だが俺が点検しておきたいんだよ。この間見た時は傷だらけだったけど、治ったかどうか、とか」

「んもう、ただエッチなだけじゃない」

紗理奈は小さな白いパンティを脱ぎ、全裸の姿のまま耕一の前に立った。何ひとつ手で隠そうとはせず堂々と立っていた。

「回って。後ろも見ないと」

まるで身体検査のようにゆっくりと回転させた。

「どうかしら。絵のモデルが勤まるかしら」

「相変わらずいいお尻してるね……前も後ろも完璧だよ」

デルタは少しだけ恥毛が残る程度にきれいな形に刈りこまれている。

「ここ、最近は全部剃ってる人もいるんだよ」

「でしょうね。でも私は少し残しておきたいの。つるつるにするのは、かえって無粋だと思うわ」

「スジが透けて見えるところがいやらしくていいね。あ、中の方もちゃんと見てみないと。いつか淳也にさんざん痛めつけられただろ」

耕一は紗理奈に仰向けになるように指示し、ほっそりとした太腿を広げさせた。

「もうとっくに治ってると思うわよ」

紗理奈は股関節の柔らかさを誇示するように、思いきり左右に開いてみせた。皺や襞など起伏に富んだ複雑な様相を呈した柔肉だ。

「ああ、いつ眺めてもいい光景だ。拝みたくなるよ、ありがたい……」

「いやあね、ただの女性器じゃない。初めて見るわけでもないのに」

「何度見ても感動するんだな、これが……おお、赤く擦り剝けたようになっていたところは完全に治ってる。これでまた受け入れ可能だな。どんなモノでもぶちこめる」

「いやあね。ひどい言い方……」

紗理奈の股ぐらに顔を突っこむようにして見入っていた耕一は、いきなりそこに口をつけた。

「あっ、だめ。チェックするだけでしょ」

「うむ……だからちょっと、味見するだけだよ」

耕一はヴァギナに唇をぴったりと密着させ、口音をたてて思いきり吸引した。

「そんな、強く吸わないでよ。だめだって……」

吸い終わると今度は舌を使って舐めまくるのだ。襞やフリルの隅々まで舌を這わせ蕾もつついた。

「ああ、たまんないな」

耕一は上気した顔を上げながら、ズボンと下着を素早く下ろし、すでに肉柱になったペニスを露出させた。

「いやよ、きょうはやらないから」

「ちょっとだけだから。すぐ終わるからさ、入れさせてよ」

「だめよ、モデルやるんだから、きれいな体でいたいの。男とヤッたばかりの体を人前にさらしたくないっ」

逸物を突き立てようとする耕一を、紗理奈は徹底的に拒絶した。

「少しだけならヤッたかどうかなんてわからないよ。中に入れて、何回か擦ればすぐイクからさ」

「嘘っ、お義父さんはなかなか終わらないじゃない。いつも長々と入れて出したり繰り返してる」

「それは、あんたのアソコが居心地いいからだよ。きょうはすぐ終わらせるって」

「だめなの！」

二人はしばらく揉み合っていたが、紗理奈がその長い脚で耕一をどんっと突き飛ばしたので、彼は後ろに倒れた。

「ひどいな、何てことするんだよ」

「すぐにヤリたがるエロ親父ね。息子の嫁に手を出すとか最低。私は家政婦じゃないのよ。君代さんじゃないんだからね。知ってるのよ、君代さんのこと」

紗理奈はずっと胸の中でくすぶっていたことを遂に口に出した。

「……ああ、君代か。君代のことは……」

「ただのお手伝いさんじゃないのよね、下半身のお世話もしてるんでしょ。もう長いの？」

「いや、まあ……」

「お義父さんはともかく、ジュンもあの人と関係あるのよね。私がいるのに、ひどい。みんなで私を馬鹿にしているんだわ」

「え、あんた……何で知ってるんだ？」

耕一はぎょっとしたような表情で訊いてきた。

「見たのよ、私がまだ帰ってこないと思って、うちでやってたの。ジュンたら、あの人にすごく甘えてた」

「ああ、それには事情があるんだよ」

耕一が言うには、淳也の母親は病気がちだったこともあり、存分に甘えられなかったというのだ。やさしいし母親の愛情はあったが、寝こんでいることが多かったので、淳也はできるだけ負担をかけないよう小さい頃から遠慮していたそうだ。

「そこへくると、君代は体は丈夫だしおおらかな性格で何でも言える。ただのお手伝い以上の存在だったんだな。よく甘えたりわがまま言ったりしてた」

「それはわかるけど。そのことと性的な関係を持つのとは別だと思うわ。君代さんも君代さんよね。何考えてるんだろ」

「当時を知らないお前さんにはなかなか理解できないと思うが……」

「わかりたくもない」

紗理奈は吐き捨てるように言った。

「いくらお手伝いさんだからって、息子と共有するって変じゃない？」

「後から割りこんできたのは淳也の方だ。そうか、いまだに続いてるのか……」

「お義父さんから言っておいてよ。いつまでもおばちゃんに甘えているんじゃないって。ちゃんと奥さんがいるんだし」

「まあまあ、そう怒らなくても。明日はモデルやるのに、お肌に悪いよ。どれ、マッサージしてやろうか」

耕一はまた紗理奈の体を撫で回すのだった。

「何、機嫌とってるのよ……」

だが紗理奈は耕一の目の前で、メリハリのある裸体を長々と伸ばすのだった。

「マッサージっていっても、どうせ揉むところは決まってるのよね」

「わかってるじゃないか」

「たまには肩揉んでくれてもいいのに」

仰向けになってもなお、こんもりとした山が崩れないふたつの乳房を、耕一はじっくりと両手で揉みしだくのだった。

「ほんとにきれいな体してるよね」

「なのに君代さんの方がいいなんて……」

「そうじゃないんだ。あんたの方が上等に決まってる。若くてきれいで、あっちの方もなかなかのもんだ。でもな、男っていうのはいつも上等なフランス料理ばかりじゃなくて、たまには屋台のラーメンも食いたくなるもんなんだよ」

「初めての味が屋台のラーメンならなおさら、か」

「そうそう……どれ、腰の方も揉んでやるよ。一日働いて疲れただろ」

「ええ、ほんと。きょうはずっとヒールをはいてたし」

紗理奈はくるりと向きを変えて、うつ伏せになった。洋梨形をした実に形のいい白いヒップが現れた。シミひとつない肌は剝き卵のように艶があり、右尻たぶのほくろが唯一のアクセントになっている。

「何度見てもいいお尻だねえ」

耕一は両方の掌で大きく摩るように揉んでいった。

「ああん、そんなとこ凝ってないわよ」

「わかってるけど、つきたての餅みたいだからさ……」

くびれたウエストのあたり、背骨の両脇にあるツボを親指でぐっと押していった。

「あっ、そこそこ、そのあたりよ……ん、もう少しだけ上かな」

紗理奈の体が反応し、ほくろもぶるっと震えた。

「うーん、気持ちいい。効くわー」

うっとりとした表情の紗理奈は、下半身からすっかり力を抜いてリラックスしていた。

「あー、すごくいい感じよ」

だがその心地よさは長続きしなかった。すでに耕一は次なる準備にとりかかっていたのだ。

「ほかの気持ちいいこともしような……ほら」

片手で素早くズボンを下ろした耕一は、勢いよく飛び出した逸物を尻の割れ目に挿していったのだ。迷うことなく一気に突入させた。

「ええっ、何するのっ」

白いヒップがびくんっと反応した。

「決まってるだろ……あっ、もう入っちゃったよ」

「いやあっ、だめだって。今夜はきれいな体でいたいんだから」

紗理奈は必死で抗《あらが》いもがいたが、秘肉はすでに肉柱によって深く貫かれていた。

「男に抱かれた方がお肌に艶が出るんだぞ」

「こんなの、いやよ。早く抜いて」

「もう根元まで挿さってるんだよ。あんたのここはいつでも濡れてるから、するりと入ったぞ」

耕一は大事なものでも扱うように、両手でヒップをがっちりと抱えこみながら、ゆっくりと抜き挿ししていった。

「はあ……相変わらずいい締まり具合だ」

「早く終わらせてぇ」

「いやあ、これが気持ちよくってな。なかなかイキそうもないよ」

耕一は味わうように緩急をつけながらピストンを繰り返していった。何度も何度もバックから突き上げられるうちに、紗理奈も次第にかぼそいよがり声をあげるようになり、やがては雌猫の鳴き声に変わっていった。

第五章　秘密のモデルデビュー

「ええっ、どういうこと？　フルヌードだなんて、聞いてないわ。だめよ、そんなの」

薄手のガウンを身につけた紗理奈は、控え室の椅子から勢いよく立ち上がりながら言った。

「いやあ、きょうはもう午前中に着衣モデルのデッサンはやったらしいんだ。午後は三コマともヌードなんだって」

耕一はヘアブラシを片手に、紗理奈の背後に回って長い髪をブラッシングしてやっていた。すでに服も下着もすべて取り去って、クリーム色のサテン地のガウン一枚という姿になっていた。

「そんな。薄物を羽織るのはＯＫ、っていう条件だから引き受けたのに」

「悪いね、何か手違いがあったみたいなんだ。でも、そろそろ時間だから」

「待ってよ……私は言いなりにはならないからね」

紗理奈は振り返って耕一をキッと睨んだ。

「まあまあ、機嫌直してくれよ。実は午前中に来たモデルがあんまりひどくてさ、使い物にならなかったらしいんだ。でももうみんな集まってるから、仕方なく薄いガウン着せて着衣モデルとして描かせたって。あんたなら十分きれいだし」

「絵のモデル自体初めてなのに、いきなりヌードだなんて。知らない人ばっかりの前で素っ裸になるんでしょ。抵抗あるわよ」

「知らないヤツばかりだから裸になれるんじゃないのか？　それに裸っていっても風俗嬢じゃないんだ。芸術のために脱ぐんだからね」

「そりゃ、まあ、そうでしょうけど……」

「頼むよ。みんな待ってるし。何とかならないかね。絵を描くために集まっているんだよ。裸を見るためじゃない」

「そうか……私がわがままを通したら、みんなが困るものね」

紗理奈は納得したように小さく頷いた。みんな裸を見るのが目的で来ているんじゃない、という一言で決心が固まった。

「やってくれるかい？」

「いいわ。一肌脱ぐ」

紗理奈は決心したようにすっくと立ち上がった。

「一回が二十分で二回、ツーポーズだ。間に休憩が入るけど、ポーズをとったら極力動かないようにしないとね、けっこうきついよ」

「ええ、わかってる」

「無理に凝ったポーズなんかとらなくていいよ。過去のデッサンは見たからだいたいわかるよね。普通でいいんだ」

「了解。じゃあ、行くわ」

紗理奈はガウンのベルトの結び目をほどいた。

廃校になった小学校を会場として利用しているので、メンバーがデッサンするのは元美術室だった部屋だ。

隣の準備室がモデルの控え室になっていて、そこで着替えなどをすませてから教室に入ることになっている。準備室は狭くて薄暗いのだが、教室の方はカーテンがぴっちりと引かれているにもかかわらず、生成《きな》りの生地を通して光がたっぷりと注がれて明るかった。

教室の真ん中には低めのお立ち台のようなスペースがあって、その前に半円を描くような配置で椅子が並べられ、十人ほどの男性が座っていた。それぞれがイーゼルにスケッチブックを広げ、準備万端の態勢で待ち構えていた。

紗理奈は準備室のドアを開けて、裸足のまま教室に入ってまっすぐにお立ち台に上がった。一斉に男たちの視線が飛んできた。好奇の眼差し……モデルとしての品定めがなされる瞬間だ。

思ったよりモデルと描き手の距離が近くて驚いた。かなり間近で体を見られることになる。紗理奈は緊張していた。だがもう始まってしまったのだから引き返せない。ガウンは手で前を合わせているだけなので、両手を離せばするりと下に落ち、自ずと一糸纏わぬ裸体が現れるのだ。紗理奈は自分の心臓の鼓動を感じていた。男たちの視線が矢のように突き刺さる。が、ガウンがばさっと床に落ちた音を聞いた瞬間に居直った。

乳房を隠すほどの長い髪はひとまとめにし、手で押さえるような形でポーズをとった。すんなりと長い自慢の脚は少しだけ膝を曲げたが、つらくならないように両脚に重心がかかるようにした。体の向きは少しひねり、顎は軽く上げて目線は逆に下げた。デッサンなので顔の造作は描かないと聞いたが、やはり雰囲気のある美しい姿を見せたかったのだ。

ポーズを決めた瞬間、「ふうーっ」とか「はあーっ」といった低い声が漏れ聞こえたような気がした。感心しているのか驚いているのか定かではないが、とにかく男たちは無表情のまま一斉に鉛筆を手に取った。

耕一はガウンをさっと拾って畳んでから、後ろの方の席に着いた。彼以外の十人の男たちは紗理奈の裸を見るのは初めてだが、欲望を感じるより先に時間内に描かなければならないという括《くく》りの中で、懸命に手を動かしていた。

全裸で男たちの前に立ち、高いところから見下ろすという初めての経験に、紗理奈は静かな興奮をおぼえていた。羞恥心を感じないのは不思議なぐらいだが、決して悪い気分ではなかった。一糸纏わぬ姿、というのが潔い。これが下着だけ身につけていたら、かえって恥かしかったかもしれない。

恥毛をカットしているので割れ目もほとんど見えているだろう。紗理奈は見知らぬ男たちにすべてをさらけ出しているのだ。彼らは紗理奈の乳房や尻や股を、どのように描くのだろう。このポーズは卑猥に見えるだろうか。脚は少し曲げているが、座っている人の位置によっては性器も目に入るはずだ。

みな無言でせっせと鉛筆を動かしているが、何を考えているのだろうか。モデルにいやらしさは感じないというが、本当のところはどうなんだろう。素っ裸の女が目の前に立っているというのに、何も感じないのか……。

「デッサンの目的はね、もちろんたくさん描いて上手になることなんだけど、実は裏の意味があるんだよ」

耕一が言ったことを思い出していた。

「最近の男は何ていうかセックスしたことないヤツが多くてね。いい年して女の裸を見たことがないっていう男がけっこういるんだよ。みんなバーチャルは得意だけど、生身の女となるとハードルが高いらしいんだ。恋愛に臆病っていうか、そもそも女と付き合うのなんか面倒くさいとか。それで、少しでもセックスに関心を持ってもらうっていう意味もこめて、ヌードデッサン会を開いているんだよ」

紗理奈はそれを聞いた時はかなり驚いた。公共施設を使っているまじめな会なのに、セックス絡みというのが信じられなかった。が、一度も結婚したことのない中年男性が増え、少子化も深刻な事態になっているこのご時世、ヌードデッサン会を開催してまでも性に関心を向けてもらいたい、という真剣な取り組みもわからなくはない。

目の前でさらさらと鉛筆を動かしているのは、三十代から四十過ぎぐらいの男性がほとんどだ。中年はいるが若い男はいない。そのせいか見られてもあまりギラギラしたものは伝わってこないが、それでも体のパーツひとつひとつを穴の開くほど見つめられているのだ。

この中に童貞はいるのだろうか。風俗店でさえ経験がないという者もいるかもしれない。初めて生で見た女の裸がデッサンのモデルだとしたら、何とも情けない話だ。描いている時は仕上げることに夢中でも、その後家に帰ってからむらむらしたりしないものなのか……紗理奈はポーズをとりながらいろいろなことに思いをめぐらせていた。

きっとこの中の何人か、おそらく半数は今夜寝る時に紗理奈の裸を思い出して、孤独な作業に励むにちがいない。

「あと残り三分です」

耕一が声をかけたが、みんなは相変わらず無表情のままで手だけを動かしていた。自分が描いているデッサンと紗理奈の体とを交互に見つめて、ひたすら写実するのみだ。さすがに鉛筆を握ったまま裸をじいーっと見ているような輩は皆無だった。

あと三分と聞いて気が緩んだのか、途端に疲れを感じ、傾けていた首が痛くなってきた。変に体をひねっているので腰のあたりも疲れる。

「はい、おしまいです」

声がかかった次の瞬間、紗理奈は足下のガウンを拾い上げ、さっと着こんだ。そして休憩するため隣の小部屋に消えた。

「どう？　案外大変だろう」

耕一はペットボトルのお茶を差し出しながら言った。

「夢中だったわ。残り時間を聞くまで疲れも感じなかったぐらいよ」

「恥かしかったか？」

「ううん、ぜんぜん。むしろ気持ちよかった。さあ、私を描いてっていう感じ」

「ははっ、さすがだな。お前さんには合ってる仕事だと思うよ」

「ヤミツキになりそう」

「だったら時々モデルやってくれると助かるよ」

「考えておく。でもジュンには内緒よ」

紗理奈は笑いながら片目をつぶってみせた。

「そうそう、いちばん右端の若いのが、舐めるように見ていたぞ」

「あら、気づかなかった。そんな人いたかしら。みんな若さがなくて、どんよりしている感じだったけど」

「あれがいちばん若いメンバー、政志《まさし》っていうんだ。唯一の二十代、女性経験なし」

「あらー、そうなんだ。童貞くんね」

「うん、だからその、ちょっとサービスしてやってくれないかね。多めに見せるとかさ。頼むよ」

「ふふっ、考えとく」

休憩時間が終わりそうになったので、紗理奈は首を回したり腕を回したりして軽く体をほぐした。そしてゆっくりと立ち上がった。

次のポーズは少し複雑にしてみた。椅子に片手をつきやや前かがみになったので、ボリュームのある乳房がさらに大きく見える。空いているもう片方の手で体を隠すことはせず、すべてさらけ出した。膝を曲げて腰を突き出すようにしたので、座っている位置によってはかなりいやらしいポーズに見えるかもしれない。

紗理奈はさっと視線を動かし政志を探した。いちばん端に目立たない感じでこぢんまりと座っていた。みんなが早々に鉛筆を動かし始めているのに、彼だけはぼんやりしてモデルとスケッチブックを代わる代わる見つめていた。

童貞くんには刺激が強すぎたかしら……紗理奈は心の中で笑っていた。彼の位置からだけはヴァギナがよく見えるだろう。もちろんそれも計算のうちだ。

いったんポーズを決めたら極力動かずじっとしていなければならないが、紗理奈はやや脚の位置をずらして、政志の位置からさらに秘所が見えるように工夫した。

政志の顔は紅潮しているようだった。ようやく鉛筆を走らせたが、集中していないことは明らかだった。他の男たちもクールにデッサンしているように見えるが、実際は頭の中でどんないやらしいことを想像しているか、わかったものではない。

紗理奈のソコはどんな時でも常に潤っているそうだから、今ももうじわじわと蜜が染み出しているだろう。汗をかいたように濡れ光っているかもしれない。

さあ、描いて。私のこのいやらしい体をうんと卑猥に描いてよ。

後方の席に座っている耕一と目が合った。言葉など交わさなくてもアイコンタクトだけで、お互い何が言いたいのか理解できる。

『大丈夫、政志くんにはうんとサービスしてるから』

紗理奈は勝ち誇ったように、さらに腰を突き出して秘部を見せつけるのだった。

二十分が終わるとさすがに疲れていた。無理なポーズをとったことを後悔したが、途中からは変えられないので必死でこらえた。片足が痺れたようになって動きづらいが、そのうち治るだろう。

紗理奈はガウンを羽織ってから隣の小部屋で休憩していた。喉もからからに渇いていたので残っていたペットボトルのお茶を飲んだ。

「いやあ、お疲れさん。きょうは初めてだから二ポーズだけでいいよ」

耕一はにこにこ笑いながら入ってきた。紗理奈は、肩を揉んでほしいとジェスチャーで訴えた。

「きょうはって、もう二度とごめんだわ。思ったよりずっと疲れたの。肩なんかがちがちよ」

「うん……確かに凝ってる」

彼は紗理奈の後ろに回って肩を揉み始めた。

「あんた、すごい人気なんだ。またぜひ頼むって、みんな言ってるよ。あんたみたいな美形がモデルだと俄然やる気になるんだと」

「えー、いつもはどんなモデルなの？　お義父さんが探してきたキャバ嬢じゃだめなのかな？」

「モデルはいろいろだよ。キャバ嬢だって売れてる子はこんなバイトしやしない」

「ああ、確かにそうね」

耕一は肩揉みついでにガウンの合わせから手を伸ばして乳房も触り始めた。ざらついた掌に包みこむようにして、ぎゅっぎゅっとパン生地でもこねるように揉んだ。

「んもう、そこは凝ってないからいいの。私、疲れてるんだから」

「いや、何かむらむらしちゃってさ。俺もデッサン描いたけど、なかなか色っぽいポーズだったよ」

「童貞くんも感じたかしら」

「そりゃもう、ピンピンになっただろうね。アングル的にもあいつのところからはアソコがよく見えたはずだし」

「女の体のことが少しはわかったかしらね」

「それで……もうひとつ頼みなんだが、政志が続きを描かせてくれないかって。ここに来させるから」

「どういうこと？　デッサン会は終わりでしょ。もうみんな帰ったんじゃないの？」

「居残りして描きたいんだと。じゃ、頼むよ。ほんの十分ぐらいでいいからさ。ポーズなんか適当でいいんだ」

「何それ、聞いてないわよ」

「俺は廊下で待ってるから」

耕一はそそくさと部屋を出ていった。入れ替わりに政志がスケッチブックを手にして入ってきた。

「すいません。お願いします」

目の細い地味な顔だちといい、妙に色白なところといい、若い女性に「キモい」と言われそうなタイプだ。気の弱そうな笑みを浮かべて立っていた。

「あんまり時間ないんだけど……」

「あ、少しでいいです」

「どんなの描いたの、見せてよ」

紗理奈は彼の手からスケッチブックを取り上げてめくった。デッサンは馴れているのか丁寧に描きこまれていて、なかなかの腕前だ。

「巧いじゃない。これ、かなりのものね」

「いやあ、素人レベルですけど」

「へえ、いろいろなモデルさんを描いたのねえ」

「この会に参加して二年ぐらい来てますけど、おねえさんほど素晴らしいモデルは今までいなかったですよ。みんなも言ってました。だから、どうしてももう一枚描きたくて」

「そうなんだ。私、モデルは初めてだから自信なかったんだけど」

「いやあ、最初の頃なんかひどかったですよ。太った中年が来たりして。ルノアール風のふくよかな女性ってことだったのに、単なるデブのおばちゃんですよ。まるでトドみたいに床にどーんと転がって。確かに胸も尻もデカいけど、腹はたぷたぷに脂肪がついてるし、アソコの毛はぼうぼうだし」

「そんな人でもヌードモデルになるんだ」

「特に恥かしがる様子もなかったから、昔ソープとかで働いてたのかも。いや、現役だったりして。デブ専、フケ専はけっこう需要があるみたいだから。耕一さんの知り合いだったし」

紗理奈はすぐに君代の顔が思い浮かんだ。その特徴と一致する中年といったら君代にちがいない。

「おねえさんが入ってきた時は、女神が舞い降りたかと思いましたよ」

「ふふっ、大げさね。で、どんなポーズがいいの？」

褒め言葉を聞いて疲れが吹き飛んだような気がした。紗理奈は再びゆっくりとガウンを脱ぎ捨てた。途端に、政志はスケッチブックを落としそうになってしまい、あわてて拾った。

「あ、あの……お好きなポーズでいいです」

「そう、じゃあ……」

休憩用の椅子は肘《ひじ》掛け付きでサイズもゆったりしたタイプだったが、紗理奈はいきなり両脚を広げ、おまけに右足を肘掛けに乗せたのだ。

「あ、ああ……」

言葉にならない声をあげた彼は、視線だけは紗理奈の下半身に釘づけになっていた。

「どうぞ。早く描いてよ」

両手は髪を搔き上げるように頭と首に当て、胸を強調するように突き出してみせた。薄ピンク色の乳首が挑戦するように尖っていた。

「す、すごいな……」

政志は床にぺたりと座りこんでスケッチブックを開いた。すぐにさらさらと鉛筆を動かし始めたが、時折手を止めてじっと股間に見入っていた。まるで珍奇な生物でも見るような反応で、ごくりと喉を鳴らすのも聞こえてきた。

「そんなに珍しい？」

「だって……アソコが、丸見えだし」

息も荒くなってきて色白の顔がうっすら紅潮してきた。教室ではみなの手前、抑えていた感情がふつふつと煮えたぎってきた様子だ。

「包み隠さず見せるのが私の方針なの。これが私、これが女よ」

「ああ、すごすぎる……」

すると政志はスケッチブックを床に放り投げ、いきなり紗理奈の股間に顔をつけてきた。

「あっ……何するの、私はモデルよ。モデルに触ったらいけないのよ」

紗理奈は抗ったがあまり本気には感じられない。政志はヒップごと抱えこむようにして秘肉に口をつけてきた。

「だって、ここ、食べられたがってるよ。奥の方からたらたら液が染み出してきてるんだ。見られて感じてるんだろ」

彼は大きく舌を使って花びらを舐め始めた。いかにも粗野で乱暴なやり方が経験の少なさを語っていた。

「ねえ、お願いだからやらせてよ。すぐ終わるから」

「やりたいの？」

「もうたまらないんだ」

股間から顔を上げて必死に懇願する彼に、紗理奈はこれ以上拒絶できないと覚悟を決めた。

「しょうがないわね」

椅子に浅く座り直し、肘掛けに両脚を乗せて彼を受け入れることにした。すると彼は、前戯のつもりなのかいきなり乳首に吸いついてきた。

「あっ、痛い……そんなに強く吸ったら痛いわよ」

「ああ、ごめんね。強く吸い上げたらお乳が出てきそうな大きいおっぱいだから、つい……」

「馬鹿なこと言わないで。出産してないのに母乳が出るわけないでしょ」

「あ、そうなんだ」

女性経験がないとこんなことを考えるのかと、紗理奈はあきれていた。

「さあ、ここに入れるのよ」

ジーンズとトランクスをまとめて下ろし、元気に顔を覗かせたツクシに紗理奈は手で触れた。サイズは小振だが勢いはよく、ピンと立ち上がっていた。

「ねえ、その前にこれ、しゃぶってくれる？」

「ええっ、何ですって？　何で私がそんなことするのよ」

紗理奈は急に語気を強め、顔を大きくしかめて言った。

「だって、僕もさっき、あそこ舐めたから……」

あの程度のクンニで見返りを求めるのか、と紗理奈はあきれて彼を見上げた。

「ああ、ごめん。なら、いいです」

フェラまで要求するとはいい気になりすぎだ。ＡＶなど観すぎているせいだろうか、セックスでフェラしてもらうのが当然と思っているようだ。

「じゃあ、入れます……ああ、でも何か……滑って入らないよ」

彼はのしかかってきたがうまく入り口を見つけられないのか、それとも紗理奈の愛液が豊富すぎるからか、なかなか命中しなかった。

「大丈夫、焦らないで」

紗理奈はツクシの根元を握って女穴まで誘導してやった。

「あ、あああ……は、入った。入っちゃった」

彼は苦しそうに顔を歪めた。気持ちいいはずなのに、初めてだとこんな感じになるのか……紗理奈は彼の反応を窺った。根元まで挿したまましばらく動かなかったので、紗理奈は自分から入り口をじわじわと締めつけた。巾着を絞れば何かしら反応があると思ったのだ。

「ううっ、だめだ。たまらない……」

叫ぶように口走った後、政志は猛烈な勢いでピストンを開始した。ただひたすら出し入れを繰り返す単純な動作だが、一分もしないうちにすぐに止まった。

「ここで、四つん這いになって」

無理やり椅子から引き剝がされると、紗理奈は床に両手足をついて四つん這いにさせられた。

「あれ、このお尻のほくろって本物なんだ。描いてるのかと思ったよ。だってすごくいやらしいから」

「本物よ」

彼は確かめるように指先でほくろの部分を触っていた。

「いいなあ、犬みたいなこのポーズがいちばんんだ。おっぱいが乳牛みたいになってるとこもいいし」

するとと彼はいきなり、紗理奈の背中に覆いかぶさるようにバックからインサートしてきた。そしてまた抜き挿しを続けるのだが、マウントしている体勢がまるで動物の交尾を思わせた。きっと彼は、紗理奈の上で生白《なまじろ》い尻をひょこひょこと動かしているのだろう。

「どう、このポーズ、いやらしいよね」

「え、ええ……」

何とも返事に困ったが適当に合わせておいた。彼の体重がのしかかってとても重いし苦しい体位なのだ。すぐにはずれそうになるのだが、不器用にピストンを続けた。

「お、おおおお……イクッ」

突然、短い雄叫びをあげると彼はあっけなくフィニッシュした。長くならなくてほっとした。

「変な格好させちゃったけど、どう？　感じた？」

「ええ、まあ」

彼は終わるとすぐに体を離し、足下にずり落ちていたジーンズを引き上げた。

「みんな感じるっていうんだ。ケダモノになったみたいで興奮するって」

「みんな？　初めてじゃないの？」

紗理奈は驚いて彼を見た。

「ああ、ここの人たちは僕のこと童貞って呼んでるよね。確かに女の人と付き合ったことないし、素人との性体験はゼロなんだ。デリヘルとか風俗嬢とだけ」

「やだ、私はプロじゃないわよ」

「わかってる。それにしては堂々としてたけど。セックスで商売してる女の人の体って、何となくわかるんだ。おねえさんのは本当にきれいなヌードだよ。アソコもね」

金で買った女としか経験がないくせに、女の体の品定めだけはいっぱしにできるのか、と紗理奈はあきれて聞いていた。

「これで僕も晴れて素人童貞から卒業ってことだね。ありがとう、またね」

政志はキツネ目をいっそう細くして笑いながら出ていった。

「何だ、そういうことだったのか。俺もすっかり騙《だま》されてたな、政志には」

耕一は、バスローブ姿でソファに寝そべっている紗理奈の腰をマッサージしながら言った。

「ねえ、ひどいでしょ。プロが相手なら何度も経験あるんですって。でも彼女がいたことは一度もなくて……素人童貞とはよく言ったものよね」

「女の子と付き合ったことないのか？　それもどうかと思うが。しかし最近の若いヤツには多いんだろうなあ」

「付き合ってからセックスに至るまでの過程が面倒くさいとか、そういうんじゃないのかな？」

「そりゃ、確かに面倒くさいよ。いっしょに映画観たりメシ食ったり酒呑んだり。でもそれがあるから面白いのに」

「お義父さんの場合はプロセス抜きのことも多いでしょうね。映画もごはんもなしでいきなり本題に入る、と」

「そういう話の早い相手が好きだがね。あんたとか……」

「あら、そんなことないわ。お義父さん、今度私といっしょに映画観に行きましょうか。駅前のシネコンに」

紗理奈はくるっと振り返って訊いた。

「おお、いいよ。ラブホで一発やってからな。俺は映画館で寝てるから」

「やだー、それって順番が逆じゃない。デートしてからラブホでしょ、普通は」

「あ、そうか」

二人は声を出して笑った。最近では淳也といるより耕一とともに過ごす時間の方が圧倒的に長いので、だれが夫なのかわからなくなることがあった。耕一は舅《しゅうと》というより第二の夫のような存在になってきている。

　実は、耕一といることはもう苦痛ではなくなっていた。次々にいろいろな刺激を与えてくれる耕一の方が話していて楽しいし、いっしょに過ごしていて楽なのだ。耕一のいいかげんで鷹揚《おうよう》な性格は淳也も受け継いでいるのだが、彼の場合はどこかまだ信用できない部分があるのだ。

「ねえ、ジュンはひとりでちゃんとやってるのかな。単身赴任状態になってからもうだいぶ経つけど、最近あんまり帰ってこなくなったわね」

　紗理奈は体勢を変えて仰向けになり、耕一の顔を見ながら言った。

「心配なのか？　だったら様子を見に行けばいい」

「でも週末を利用するとなると、体がぜんぜん休めないし。私もけっこう仕事忙しいのよ」

「それは、わかってる」

　耕一は紗理奈のふくらはぎからつま先までをじっくりと揉み始めた。モデル並みに形のいい脚を、まるで大切なものでも扱うように両手で丁寧にマッサージした。

「何か知らない？　ジュン、あっちで何かしでかしてないかな？　最近メールもラインもちゃんとした返事が来ないの」

「うむ、実は……」

するといかにも耕一はマッサージの手を止めて、口ごもりながらも話し始めた。


耕一によると、淳也は数回関係を持った女を妊娠させてしまったのだ。中絶費用と慰謝料を含めた金額を要求され、耕一が代わりに振りこんだという。

当然、紗理奈はまったく寝耳に水の話だ。あきれてすぐには文句の一言も口にできなかった。

「あいつは本当に脇が甘いというか、馬鹿なんだ。ちょっとばかりタチの悪い女にひっかかったんだよ」

「お義父さんが尻拭いをするなんて……」

「いつまでも引きずるより、さっさと金でケリをつけた方がいいと思って」

「それで……いくら振りこんだの？」

「ん、百万」

「ええっ、その女、一度味をしめたら何度でも要求してくるんじゃない？　お義父さん、ほんとにいいの？」

「そのあたりはちゃんと確かめたよ。息子の不始末だからね、あんたに迷惑はかけられないから」

「ちがうわ、夫の不始末ですっ」

紗理奈はその場で立ち上がりそうな勢いできっぱりと言いきった。

「黙っていて、悪かったよ」

「いえ、話してくれてありがとう」

紗理奈はショックで倒れそうになっていた。我が夫の軽率な行動は妻として恥かしくてならない。あの男が長期出張でひとり暮らしをしていて、女を作らない方が不自然なぐらいだ。尻の軽そうな女に彼はとてもよくモテるので簡単に釣れただろう。

「それで、その女とはもう別れたのかしら」

「別れるも何も、付き合ってたわけでもなさそうだ。女がバイトしてるファミレスにあいつが何度か客として行って、ナンパしたんだって。バイトがあがる頃店に行ってそのままホテル……」

「ああ、おっぱいパブにでも行ってくれた方がまだましだったわ。本当にジュンの子かどうかもわからないじゃない」

「それが……処女だったっていうんだよ」

「どうだか。ジュンを騙すのなんか簡単よ」

「まったく馬鹿なヤツだよな」

「お義父さんもお義父さんよ。言われるままに百万も振りこむなんて。いくら何でも高すぎるわよ。付き合ってもない相手なのに」

「職場に言うって脅されたもんで」

「ひょっとして未成年？　高校生とか？」

「いや、二十一だって」

「後ろで糸引いてる男でもいるんじゃないの。もう二度とこんなことしないでくださいね」

紗理奈は念を押すように言った。淳也が自分でしでかしたことだから、会社をクビになろうが自業自得だ。

耕一はマッサージの手を止めて、腕組みをして考えこんでいる様子だった。息子の不始末に頭を悩ませているのだろうか。

「ジュンがそんなことしているようじゃ、まだ当分子どもなんか作れないわ」

紗理奈は肩で大きくため息をつきながら言った。

「お前さん、そろそろ産みたいと思っているんじゃないか？　もうそんなには若くないんだし」

「仕事もようやくメドが立ってきたから、そろそろいいタイミングかなって思ったところだったのに」

「こんな時に何だが……ひとつ頼みがあるんだよ」

耕一は声を低め、咳払いをしてから話し始めた。話はとてもシンプルなものだった。

「頼むよ。あんたにぜひ俺の子を産んでほしいんだ」

あまりに突拍子もない発言に、紗理奈は耳を疑った。そして次の瞬間、冗談だと決めつけた。紗理奈は声をあげて笑った。

「お義父さん、ジョークにもほどがあるわよ。一瞬、信じたじゃない」

「冗談でこんなことが頼めるか。本気なんだよ。俺にとっては最後のチャンスなんだ。なあ、頼むから考えてくれよ」

「本気っていっても、その年で？　子どもを持つの？」

「マジなんだよ。俺、わざわざ病院に行って調べてもらったよ。ちゃんとまだ子種はあるって言われた。そりゃあ、若い男みたいなわけにはいかないけど、精子の数も十分だし動きもそれほど悪くないそうだ」

耕一は少し興奮した口調で言った。うれしいのか、表情が生き生きしていた。

「いやだー、そんな生々しい話、聞きたくない」

「そんなこと言わずに、現実問題として考えてくれよ。あのいいかげんな淳也の子を産むためにあと何年も待つのか？　あいつはあんたが妊娠している間も浮気するぞ、きっと」

それを言われると紗理奈は返す言葉を失った。

「離婚しなくていいんだよ。淳也の子として産んで育てればいい」

「でも本当はジュンの弟か妹になる子でしょ。彼を騙して産むの？」

「あいつがどれだけあんたを騙してきたか」

「お義父さん、子どもがほしいなら君代さんに産んでもらえばいいじゃない。あ、もう無理か」

「無理に決まってる。五十過ぎてるんだ、とっくにアガッてるぞ」

「そうなるまでいくらでもチャンスはあったでしょ。君代さんがまだ子どもを産めるうちに」

「君代との子はいらない。一度も考えたことないよ。あんたが産む子だからほしいんだ」

「だって……許されないわよ、そんなこと」

紗理奈はうなだれた。耕一の真剣さに、もう笑い飛ばすことができなくなっていたのだ。

「ああ、わかってる。とても褒められた行為じゃないよ。息子を騙すんだからな。でも俺の、最後の望みなんだ」

「……やっぱり無理よ。私には、できない……」

「時間をあげるよ。何とか、考えてくれないかな」

「お義父さんだって、本当はあちこちで遊んでるでしょ。子どもを産んでくれそうな若い人、いるんじゃないの？」

「飲み屋の女やキャバ嬢に子どもを産ませる気はない。紗理奈との子がほしいんだ。なあ、頼むよ」

耕一はいきなり紗理奈を強い力で抱きしめた。胸や尻を撫でている時とは違った男らしさを、紗理奈は彼の腕の中で感じていた。

　次の週末、紗理奈はまた新幹線に乗って淳也のもとを訪ねた。彼は一ヶ月以上帰ってこないし、電話やラインでもあまり連絡をとっていなかった。お互い忙しい身なので仕方ないのだが、やはり少し夫婦間の距離を感じていた。

　何より淳也の場合は時々行って目を光らせていないと、何をしでかすかわからないといった心配もある。

　突然部屋に押しかけてやろうかとも思ったが、こちらが疑っていることを悟らせたくなかったので二日前に連絡しておいた。淳也は少し驚いた様子だったが、久しぶりの紗理奈の来訪を喜んでくれた。

「思いきって来ちゃった。お邪魔だったかな」

　紗理奈はウィークリーマンションのドアを開けながら言った。声のトーンはいつもより高い。

「奥さんがわざわざ来てくれたのに、邪魔なことがあるわけないだろ。久しぶりだね、サリー」

淳也は顔を見るなり紗理奈をハグし、キスしてきた。こういった外国人のような仕草に女たちはころりと参るのだ。

「今夜も、いっぱい楽しもうね」

「そんなことばっかり考えてるんだから」

「あれ、サリーだってその目的で来たんじゃないの？」

「顔が見たかったのよ。もう記録に挑戦するのはこりごりだわ」

「あれは正直キツかったー。僕も二度としたくないな。てか、もう無理。できないよ」

二人は顔を見合わせて笑った。何のわだかまりもなく昔のように無邪気に笑えたらいいのに、と紗理奈は思った。

紗理奈が買ってきたもので簡単に昼食をすませると、途端にすることがなくなり自然にベッドへ向かった。妊娠した女のことは気になっていたが、きょうは問いただすために来たのではない。様子を探るためだ。

「ああ、やっぱりサリーのおっぱいが最高だな。癒されるよ」

紗理奈はベッドに座らされ、上半身に身につけた衣類を剝ぎ取られた。すると彼はすぐに乳房にむしゃぶりついてきて、目をつぶって無心に吸うのだ。

「最近はすっかりご無沙汰よね。私がいない時はどうしてるの？　おっぱいパブとか、そこいらでナンパした子とか？」

「まさか……ひたすら我慢だよ」

淳也は顔を上げずに答えた。

「嘘、絶対信じない。我慢だなんてジュンに似合わない言葉だもの」

「最近忙しいから、そんなとこ行く暇もないし。もっぱら自家発電」

「ええっ、本当に？」

赤ん坊のように妻の乳首を口に含みながら、平気で嘘をつくのだ。

時折、顔全体を胸の谷間に擦りつけたり舌を這わせてきたりする。どちらかの手が必ず乳をまさぐり片時も放さない。そんな仕草が愛おしくて、思わず淳也の頭をぎゅっと抱いてしまうのだった。

「サリーは？　ひとりの時はオナニーするの？」

「仕事が忙しくて布団に入ったら二分で眠るわ」

「色気ないね。それでわざわざ新幹線に乗ってファックしに来たってわけ？」

「まあね……」

お互い嘘ばかりついている。紗理奈が耕一と二人でいろいろなことに挑戦しているとは、夢にも思っていない淳也なのだ。

「君代さんを、ここに派遣しようかしらね」

「ええっ、ここに？　君代さんはいいよ」

「そうなんだ。少しは慰めになると思ったんだけど」

「君代さんはお手伝いなんだから、うちにいないとね。家事の延長サービスなんだよ、あれは」

淳也は口から離した乳首を指で転がしたり弾いたりして弄びながら言った。なぜか紗理奈が、君代と淳也の関係を知っていることについては問いたださない。

「親子二代でお世話になりっぱなしね」

「そうなんだ。もういいかげん年だし、君代さんにはそろそろ引退してもらってもいい頃だよね」

「引退？　ほんと、そうね。家事の手伝いだったら、もっと若くて使いやすいハウスキーパー、いくらでも探せるんだけど」

紗理奈は今まで考えてもいなかったことを彼が口にしたので、ひとつの考えがひらめいたのだった。

「サリーのアソコ、もうぬるぬるになってるんじゃない？　確かめたいなあ」

淳也がスカートのファスナーに手をかけたので、紗理奈は自分から手早く脱いだ。愛液がシミを作った小さなパンティも脱ぎ捨てた。

「ねえ、たまには舐めっこしようか」

淳也の提案に紗理奈はこっくりと頷いた。

さっそく彼は紗理奈の秘所に口をつけて丁寧に舐め始めた。短い恥毛が薄く生え揃ったスリットを舌でこじ開け、中にもぐりこんできた。

「あっ、あああああ……」

小さなミミズが這い回っているような感触で、紗理奈は全身にトリ肌が立ってきた。足の親指までピンと伸びてしまうような感覚だった。

「とろとろした液がいくらでも出てくるよ。ああ、もうたまんないな」

そう言いながら、淳也は紗理奈の顔の上に乗ろうとしていた。彼の下半身はスリムだし体毛も少なかった。太い幹が近づいてきて顔の前に突きつけられると、反射的に口を開けてしまうのだった。

「ああ、久しぶりだね。サリーの口の中、あったかい……」

紗理奈は口いっぱいに肉柱を頬張っているので何の返事もできない。ただ低い声で呻くだけだ。淳也のペニスはもうすっかり力をつけていて、棍棒のように長く、たちまち喉の奥につかえた。

「うぐっ……うぐぐぐ……」

頬を赤く染めながら紗理奈は呻いた。彼はわずかに腰を使って上下させた。

「はあ……すっげえやらしいよな。クンニとフェラを同時にするなんて、だれが考えたんだろう」

彼が舌先を尖らせて敏感な肉芽を攻めると、紗理奈は咥えたままびくっと体を震わせるのだった。

「どうでもいいや。気持ちよければそれでいい……ねえ、ついでにタマの方もさ、しゃぶってくれないかな。この体勢なら舐めやすいだろ」

紗理奈はスティックを口に含みながら、目の前にだらりとぶら下がっている肉袋に目をやった。指でつついたり押したりすると、ぷるぷるした感触で柔らかかった。

「そう、そっちだよ。舐めて……」

せがんでくるので紗理奈はいったん肉柱を口から離してから、袋に舌を這わせた。トリ肌のようなざらざらした感触だが、毛むくじゃらのそれよりはマシだ。しかし固くならないし、だらんとして締まりがない感じで、しゃぶっていても少しも興奮しない。中でタマがころころと動いている。

「あっ、ああ……もっと、もっとだよ。ちゃんと口に含んで」

紗理奈はぶよぶよした肉袋に必死でしゃぶりついた。とても口の中に収まりきらないが、夢中で食らいついていた。

「はあっ……サリー、僕のタマまで舐めてるんだね。ああ、やらしい女だ。何だってやるんだからな、あきれるよ。きっとアナルに入れてもうれしくてヒイヒイ鳴くんだろうな」

淳也はひどく興奮している様子で、根も葉もない紗理奈の淫乱ぶりをあれこれと口走った。

「ううっ、もうたまんない」

彼はパッと体を起こすとすぐさま紗理奈の上に飛び乗ってきた。そしてさんざん舐め回した女肉に逸物を突き立てるのだった。

長くて固いこの肉棒に掻き回されるのは馴れている。蜜液は十分すぎるほど滴っているので滑りはよすぎるぐらいだ。いくら乱暴に抜き挿ししても淳也のモノは奥まで深く入りこんでいるので簡単には抜けない。

「あっ、あああああんっ……」

「どうだ。やっぱりこいつで何度もつつかれるのが最高なんだろう」

紗理奈は小刻みに上下する尻をぎゅっと抱えこむように、長い脚を彼の下半身に絡ませた。

「す、すごい……ひっ、ひぃぃぃぃ」

「サリー、最初は我慢しないでイッちゃうけど、いい？　もうたまんないんだ」

すでに達してしまった紗理奈は、声も出さずに何度も頷いた。

淳也は果てた後、シャワーを浴びるためバスルームに消えた。するとその直後、彼の携帯に何か着信があった。画面を覗きこむと、ラインのトークメッセージが読めた。

『奥さんもうきてるの？　さびしいにゃー』

友達の名前は、ひろとなっていた。

淳也は携帯のロックをかけないでいることが多いのだが、きょうも紗理奈が来るというのにうっかりしていたらしい。紗理奈は、ひろと淳也のトークのやりとりをだいぶ以前まで遡《さかのぼ》って読んでしまった。

ひろは、ひろみかひろこかわからないが、淳也が付き合っている若い女のようだ。驚いたことに妊娠中絶は作り話で、ひろが引っ越しで部屋を借りるためにまとまった金が必要だったのだ。淳也の現地妻というわけだが、紗理奈に財布を握られている彼は貯金など皆無なので耕一を頼ったのだろう。

ラインのやりとりから、ざっとそのような事実が判明した。紗理奈は急いで淳也の財布を探し出し、中からキャッシュカードを抜いて自分のバッグにしまった。

その間にもまたひろからメッセージが送られて、『奥さんとあんまりエッチしないでね、おねがい』などと書かれていた。淳也になりすまして返信しようかとも思ったが、盗み見をバラしたくないのでやめておいた。

写真も見たが、若いだけが取り柄の頭の悪そうな女だ。確かに胸は大きいようだが、特別可愛いわけでもない。こんな女に浮気されたかと思うと、妻として情けなくて淳也には心底失望した。

何も知らない彼は、腰にタオルを巻いた姿で鼻歌を口ずさみながらバスルームから出てきた。携帯をちらりと見たがすぐにしまった。

ひろの願いもむなしく、淳也はもう奥さんとエッチしてしまったのだ。先ほどの様子では、たぶん今夜もまたアリだろう。

淳也はひろともシックスナインをするのだろうか。キッチンでのファックは経験ずみなのか、一晩での最高は何回だったのか……いろいろ想像すると怒りがふつふつとわいてきそうだった。紗理奈は平静を装うのに必死で、受け答えは上の空になった。

しばらくして紗理奈は夕飯の買い物をするからと言って部屋を出た。おそらく淳也は即座にひろにメッセージを送っただろう。『奥さんとエッチなんかしてないよ』などと気休めの嘘を並べているにちがいない。

紗理奈はまっすぐ銀行に寄り、彼のキャッシュカードを使った。ずぼらな彼は暗証番号をこまめに変えることなどしていないので、すぐに残高は判明した。百万は優に超える金額が入っていたので、一回の限度額まで引き出してしまった。

耕一が振りこんだ金額はそのまま返したいと思った。若い愛人の引っ越し代などに使われてはたまらない。残高が減っていることに淳也がいつ気づくかわからないが、一日、二日は時間を稼げるはずだ。

その夜も淳也はいつものように時間をかけて紗理奈を抱いた。愛人がいることを悟られたくないためなのか、それとも妻の体にも執着があるのか、セックスに手抜きや義務感はまったくなく精力的だった。

紗理奈の方はラインのやりとりを見た後はすっかり心が離れてしまい、ほとんどやる気はなく言われたことに従うだけだった。とりあえず、気がすむまで乳を吸わせておけば満足なのだ。

「サリー、何か今夜はおとなしいんだね。こういうのも可愛いけどさ」

人形のようにされるがままになっている紗理奈を見上げながら彼は言った。

「……ちょっと疲れただけよ」

「サリーはエッチ大好きだもんな。だんだんよくなってくると、ヒイヒイ声出して大騒ぎするんだよな」

甘えた様子で紗理奈の胸に顔を擦りつけたり舐めたりしゃぶったりを繰り返していた彼が、急に起き上がって言った。

「ほら、四つん這いになれよ。バックからハメてやるからさ」

「ええっ、今はバックの気分じゃないんだけど……」

「ほくろ見ながらやりたいんだよ。さあ、早く」

しぶしぶ紗理奈は指示に素直に従った。脚が長いのでヒップの位置もぐんと高くなる。

「僕はサリーの大きなケツが大好きなんだ。この格好は穴の方までよく見えるしさ。ほんとに、すごくいやらしい……あっ、あああ」

淳也は両手でヒップを固定すると、いきなり逸物をねじこんできた。固くて長さも十分な鉄の杭が奥深くまで打ちこまれた。

「ん……んんん」

紗理奈は声にならない呻きをあげた。バックからの一挿しはかなりの衝撃で、紗理奈の全身の肌は粟立った。

「ははっ、感じてるな。アソコの入り口がきゅうっと絞れて刺激するんだよ。サリーは感じると必ずこうなるよね」

夫婦なので当然だが、淳也は紗理奈の体を知り尽くしているのだ。どんなに大嘘つきでも不誠実な夫でも、あの火かき棒で後ろから突かれると感じてしまうのだ。

「すごく奥まで入ってるだろ。ほかの男じゃ、こんなことできないよね。なあ、すごいだろう」

彼はうわごとのようにつぶやきながら、がっしりと押さえていた紗理奈のヒップをめちゃくちゃに動かし始めた。自分の腰は使わずに、紗理奈の尻を引きつけたり離したりを繰り返した。しかもかなり乱暴な動作で。

紗理奈の髪はひどく乱れて背中を滑って落ちた。じっとりと汗で湿った乳房は、激しい振動でぶるぶると揺れた。

彼がフィニッシュするまで多少は大げさに演技した。いつも通りに振る舞えばいいだけだ。彼は同じように若い愛人相手に、後ろから何度も何度も突き上げては鳴かせているのかもしれない。

紗理奈はシーツの端をぎゅっと摑んで打ちこみの衝撃に耐えていた。

日曜の朝、淳也が寝坊することはわかっていた。目が覚めるのは早くても十時過ぎ、遅い時は昼近くまで寝ているのだ。

早々とベッドを抜け出して、いろいろとするべきことをすませた紗理奈は、彼が目覚めるのを待たずに部屋を出た。予定していた帰りの新幹線よりかなり早い時間に乗った。

淳也とひろとのやりとりを見なければ、紗理奈も寝坊して午後までいっしょに過ごすつもりだった。起きてから朝のセックスにも応じただろう。

だがあれですべてが変わった。二人がまだ別れていないどころか、耕一を騙して金までせしめようとしていたのだ。

絶対に許せない……復讐するためには何も気づいていないふりをし、喜んで抱かれ絶頂を装うことぐらい厭《いと》わない。

紗理奈のバッグには、けさまた限度額まで引き出した現金が入っている。耕一が振りこんだ金額はすべて下ろした。キャッシュカードは淳也が寝ている間に戻しておいたが、残高が少なくなっていることには早晩気づくだろう。彼のあわてぶりが楽しみだ。

ひろは気に入った物件を見つけたようで、数日のうちには前金を支払いたい、というような内容がラインのやりとりの中に書かれていた。アテにしていた淳也の金がなくなってしまったら、引っ越し費用の資金繰りはどうするのだろう。ひろは怒るだろうか。

紗理奈のところに淳也から連絡はあるのか、彼の出方を予想するだけでも楽しい。

酒のつまみになりそうな耕一の好物を売店で買って、紗理奈は帰途を急いだ。


「そうか、中絶費用と慰謝料で百万だなんて、どうも嘘くさいとは思ったんだがね。やっぱり……」

耕一は銀行の封筒を目の前に、腕組みをしながら言った。

「妊娠なんかしてないし全部作り話よ。あんな娘っ子に取られてたまるものですか。きっちりお返しするわ」

紗理奈は耕一が淹れてくれた香りのいいコーヒーを一口飲んだ。

それなりの蓄えと財産を所有する耕一にとって、それがなけなしの金でないことぐらいは百も承知だ。だが、ひろにくれてやる金など一円もない。

「しかしあんたもやるねえ。ずいぶん冷静に考えたもんだ、この仕返し」

「はらわたは煮えくり返っていたけど、頭はすごく冷静だったの。セックスの時だってちゃんとイッてるふりしたのよ」

「おお、そうか。また何回もしつこくヤリまくったのか？」

「軽く三回だけ。ジュンも、愛人のために体力残しておかないとね。きっと今頃若い彼女とお楽しみの最中よ。奥さんが早く帰ってくれたから」

「まったく、あいつは……さかりのついた猿だな。中学生の頃からまったく進歩がない」

「猿の方がまだマシじゃない？　ジュンは年中さかりがついてるもの。おっぱいの大きい若い女を見ると、すぐお尻を追いかけるんだから」

「やれやれ、あいつ、いつになったら落ち着くんだ。あんたがそばにいて監視してないとだめなんだな」

「だいじょうぶ、私、離婚しないから」

「この金、半分あんたにあげるよ。手間賃だ」

耕一は銀行の封筒ふたつのうちひとつを紗理奈の前に置いた。

「何言ってるの。お義父さんのお金だから取り返しただけよ。手間賃だなんて」

「いやいや、俺はすっかり騙されてたし……」

二人はしばらく押し問答していたが、結局は紗理奈が半分受け取ることで収まった。

その夜遅く、紗理奈はバスローブの下は全裸の格好で耕一の部屋に向かった。

ベッドの中で文庫本を読んでいた耕一は、すぐにシニアグラスをはずして紗理奈を見た。

「珍しいな、お前さんが自分から来るなんて」

「話があるの」

ベッドのそばまでやってきた紗理奈はいきなりバスローブのベルトをほどき、はらりと脱ぎ捨てた。

「おおっ、いつ見てもゴージャスだ。話をするのに裸になるのかい？」

まぶしいヌードに目を細めながら耕一は手を伸ばしてきた。

「私ね、決めたの」

紗理奈はベッドの縁に腰かけ、意味深な含み笑いをするのだった。

「今夜は俺に抱かれようって決めたのか……」

耕一は、目の前でたわわに実っている乳房に早くも手を出してきた。

「私、ずっと子どもができないように避妊薬を飲んでいたんだけど。今夜から飲むの、やめようと思うの。解禁よ」

「ん、子作りするのか？」

「ずっとタイミングを考えていたんだけど、ジュンがあの調子でしょ。私も三十過ぎてそろそろって思っていた矢先に愛人発覚よ。ほんとにしょうもない男よね。それで、決心したの。お義父さんの希望をかなえてあげようって」

　耕一は紗理奈の話に耳を傾けながら、たまらず乳首にしゃぶりつき吸い始めていたのだが、最後の一言で思わず口を離した。

「え、ほんとか……」

「そうよ、私、お義父さんの子を産んであげる」

「ああ……」

　パジャマ姿の耕一は、紗理奈の体をぎゅっと抱き締めた。

「夢みたいだ。本当に決心したんだね」

「ええ、離婚はしないから、ジュンの子どもになるけど」

「それはかまわないよ。あいつには悪いが、まあ黙っていればわからないだろう」

「お義父さんとジュンて、顔が似てるし血液型も同じでしょ。ＤＮＡ鑑定でもしないかぎりわからないわよ。ごまかすために、たまにはジュンともセックスしなくちゃならないけど、その時はアフターピルを使ってデキないようにするから」

「おお、そこまで考えているのか。すごいな」

「やるなら完璧に騙したいもの」

「そうと決まればおっぱいなんか吸ってる場合じゃないな。すぐに仕込みに取りかかろう」

耕一ははりきってパジャマのズボンと下着を勢いよく下ろした。

「待って。ひとつだけ条件があるの。私にはとても重要なの……」

紗理奈は急に真剣な表情になった。ほっそりとした長い脚は、耕一の下半身に巻きつけるようにぴたりと絡ませていた。

「何だ、言ってみなさい」

彼は手慰みに軽く乳房を揉み始めた。

「実は、君代さんのことなんだけど……そろそろやめてもらえないかしら。ハウスキーパーは私が自分で選びたいのよ。知り合いが派遣会社をやってるからいくらでも紹介してもらえるし。君代さんて、このうちに長いでしょ。だから私、遠慮してあまり言えないのよね。お料理の味つけとか食材の選び方とか掃除の仕方、その他もろもろ。昔ながらのやり方もいいけど、もう少し世の中に合わせて工夫してほしいっていうか……私も意見を言いたい時はあるのよ。このうちの主婦なんだし」

　紗理奈はきっぱりと言いきった。

「そうか、あんたがそんな風に感じていたとはな」

「それにあの人、お義父さんとの関係がいまだに続いているわけでしょ。それはちょっと、私としては信用できないっていうか……」

「確かに面白くないよな」

「まあね、悪いけど。どうしても会いたいなら外で会ってほしいわ」

「いいや、わざわざ外で会うってことはないと思う。いや、ないよ。わかった。君代は近々クビにする」

　耕一は、少し考えた様子だったがはっきりと言ってくれた。

「ほんとに？　できれば早い方がいいのよね。実はもう新しい人の目星もついてるの。君代さんには次に来た時、鍵を返してもらって……」

紗理奈は剝き出しになった耕一の下半身に手を伸ばし、ゆっくりと股間をまさぐり始めていた。

「あんたが好きなようにすればいい。君代もだいぶ年だし」

「エッチなお手伝いさんとしてはもう卒業でしょう。これからは老人ホームにでも慰問に行ってもらえばいいんじゃないかしら」

「うむ、こんなにイキのいい嫁が来たんだしな。これから子どもを産むっていうんだから……あいつはお払い箱だな」

「うれしい。じゃあ、パパにはがんばってもらおうっと。これからは毎晩私とエッチするのよ。がんばっていっぱい出して」

「パパになれるかね。その前に精力使い果たして死んじまいそうだが……」

耕一は勢いよく紗理奈を押し倒し、のしかかっていった。六十四歳の逸物は、嫁の秘穴に向かって元気に突進していった。

この作品は書き下ろしです。原稿枚数323枚(400字詰め)。

GENTOSHA OUTLAW BUNKO

義娘《よめ》の尻《しり》ぼくろ

生方澪《うぶかたみお》

平成28年6月10日　初版発行

発行人――石原正康
編集人――袖山満一子
発行所――株式会社幻冬舎
〒151-0051東京都渋谷区千駄ヶ谷4-9-7
電話　03(5411)6222(営業)
　　　03(5411)6211(編集)
振替00120-8-767643
印刷・製本―中央精版印刷株式会社
装丁者――高橋雅之

幻冬舎アウトロー文庫

ISBN978-4-344-42494-4　C0193　　O-129-1

幻冬舎ホームページアドレス　http://www.gentosha.co.jp/
この本に関するご意見・ご感想をメールでお寄せいただく場合は、
comment@gentosha.co.jpまで。